KB142025

혼자 아픈 사람은 없다

상처받고 흔들리는 사람들을 위한 인생 조언

혼자
아픈 사람은
없다

회아 이덕순 지음

위닝북스

소중한 것은 언제나
내 곁에 있었다

"인생은 집을 향한 여행이다."

미국의 소설가 허먼 멜빌의 말이다. 이 세상에는 다양한 사람들이 다양한 곳에서 함께 살아가고 있다. 그중에는 교정기관인 교도소도 존재한다. 이곳에서 수용 생활을 하는 수용자들의 제일 큰 소원은 집으로 돌아가는 것이다. 크고 좋은 집이나 조그만 오두막이든지 상관없이 내 집에 대한 그리움이 제일 절실하다.

물론 교도소도 없고 죄가 없으면 좋은 세상이겠지만, 때로는 죄를 짓고 수용 생활을 하게 되는 경우가 있다. 다산 정약용은 전남 강진에서 18년 동안 유배 생활을 하였다. 그곳에서 500여 권의 책을 저술하였다. 이탈리아의 단테도 영구적인 추방을 받고 망명 생활을 하면서 《신곡》을 썼다. 이 세상에 죄 없이 완벽한 사람은 없다. 누구든지 고난이나 아픔이 있을 때는 후회와 반성을 하면서 뒤돌아본다. 그 순간 허점을 보완하고 정비하며 쉬어가라는 하나님의 뜻이다. 그 때 쇄신하는 절실한 경험은 소망의 길로 나아가는 문이다.

교도관은 생명을 존중하고 소중히 여기는 특별한 직업이다. 나는 수용자들을 사랑하는 교도관이라는 직분이 감사했다. 천하보다도 소중한 생명이 꽃잎이 뚝뚝 떨어지듯이 스러진다. 심장에서 우러나는 아픔과 슬픔을 체험한다. 우리는 교도소의 수용자들을 진심으로 돌본다. 소중하게 마음을 다해 한 생명을 돌보고 교정에 힘쓴다. 교도관에게는 생명을 소중히 아끼고 돌본다는 귀한 사명감이 있다.

각 교도소의 기독교 선교회를 바탕으로 전국 교도소를 연합하여 불우 수용자 돕기와 기도 모임을 하면서 헌신하고 있다. 나도 시골에서 올라와서 가족 같은 마음으로 의지하며 지금까지 감사와 긍지를 가지게 되었다. 나는 책을 씀으로써 이러한 교도관의 모습을 사람들에게 알리고 싶었다.

최선을 다해도 실수하고 넘어질 때가 있다. 삶이 아프고 슬프더라도 기도한다. 수용자는 교도관을 의지하고 더욱 소중한 삶을 살려고 노력할 때 실패와 위기 속에 포장된 새 길을 만나게 된다. 겸손과 회개로 위기를 넘기고 고난으로 포장된 은혜의 단단한 삶을 살아가자. 나는 38년을 교도관으로 근무하면서도 자녀를 성실하게 키웠다. 야간 근무를 하면서도 휴식 시간에는 틈틈이 책을 읽으며 작가의 꿈을 가지고 살았다. 수용자에게 위로와 힘을 주면서 나도 보람과 긍지를 가졌다.

얼마 전 대우 김우중 회장이 향년 83세의 나이로 별세했다. 나는 평소 그를 존경해 왔다. IMF로 위기를 겪기도 했지만 그의 열정과 도전정신은 많은 이들에게 귀감이 되었다. 베트남에서 축구 국가대표팀 코치로 활약하고 있는 박항서 코치와 더불어 국가 간의 화목에도 기여하셨다는 점에도 감사한 마음이다. 우리도 이렇게 고난과 아픔을 이겨내고 견디는 꾸준함이 필요하다.

탄생 자체가 하나님께 선택받은 것이다. 귀한 신분과 몸을 더욱 소중하게 단련하여 국가와 가족에게 헌신과 사랑으로 보답하자.

나는 시골 어려운 가정에서 태어났지만 학교에 다니면서 좋은 친구들을 많이 만났다. 그들은 모두 나를 도와주고 다정하게 대했다. 왕따가 없는 맑고 좋은 학교를 다녔다. 고등학교 때 만난 4명의 친구들과 함께 문학을 즐기며 아름다운 시절을 보냈다. 우리는 그때 각자의 호(號)를 만들었다. 나는 '회아', 맑은 뉘우침이라는 뜻의 호를 정했다.

나는 엉성한 부분이 많다. 조심스럽게 살고 싶었다. 서울에서 교도소 근무를 하며 서울 사람이 되었다. 지나온 길은 축복의 운명이었는지 학교와 친구, 그리고 교도소에는 책이 많았다. 도서관이 집 가까이 있어서 쉽게 책을 만날 수 있었다.

사랑하는 친구는 만날 때마다 나에게 왜 책을 안 쓰냐고 말했다. '한국책쓰기1인창업코칭협회'를 만나서 본격적으로 책을 쓰게 되었다. 50대 이후의 독자들을 바라보며 책을 썼고, 나는 60대가 되었다. 새로운 나날을 맞이한 나는 젊었을 때보다 힘이 넘치고 즐겁다. 나의 인생과 기쁘게 마주했다. 하나님이 주신 작가라는 나의 길이 소중하고 감사하다. 내가 존경하는 작가들인 펄 벅, 미우라 아야코, 박경리처럼 열정적으로 뜨겁게 세상을 사랑하고 가슴을 털어내고 싶다.

지금까지 나를 믿고 사랑해준 동부구치소 선교회, 친구 여희와 경순, 그리고 불의의 사고로 운명을 달리한 희정, 근무하다가 화성에서 쓰러지는 날까지 수용자들과 교도관들을 사랑하며 선교의 메신저 역할을 했던 교도관 동료 故 최돈명 님에게 고개 숙여 감사드린다. 영원한 나의 사랑인 가족과 형제자매, 그리고 대한민국과 세계 모든 사람이 평온하길 바란다. 나는 하나님이 주신 소중한 생명이 끝날 때까지 기도하며 책을 쓸 것이다.

2020년 1월
회아 이덕순

CONTENTS

PART 01

가슴이
쿵 내려앉았다

PART
02

지금 괜찮다 말할 수 있는
사람이 얼마나 있을까

절망의 덫에 갇힌
사람들에게

가슴이
쿵
내려앉았다

남들도 나처럼
이렇게 힘들까?

살아있는 실패작은 죽은 걸작보다 낫다.
조지 버나드 쇼

어느 싸늘한 늦가을 아침, 예전에 화성직업훈련교도소에서 같이 근무했던 동료이자 친구에게서 전화가 왔다. 아들이 군대에서 아프다고 연락이 와서 가는 중이라며, 걱정되니 기도 부탁한다는 내용이었다. 깜짝 놀랐지만, 젊은이는 금방 회복되어 일어날 것이라고 위로해 주고 전화를 끊었다. 그리고 그녀의 아들이 건강하게 일어날 수 있도록 간절하게 기도했다.

당시 나도 다리를 다쳐서 병원에 다니고 있었다. 오전에 예약한 병원에서 치료를 마치고 집으로 돌아왔을 때 친구 아들이 생각나서 전화를 걸었다. 친구는 힘이 쭉 빠진 목소리로 아들이 깨어나지 못하고 있다고 하더니 더 이상 말을 잇지 못하고 전화를 끊었다. 나는 가슴이 철렁했다. 경황없이 앉아 있다가 동부구치소 기도팀에 연락했다. 근무하면서 급할 때 화살기도로 쏘듯이 하나님께 기도한다.

다음 날, 다시 전화해 봤더니 위독한 상태라고 했다. 그리고 그 다음 날 결국 그 아들은 죽었다. 나는 국군병원 영안실로 택시를 타고 달려갔다. 그곳에 가 보니 옛 동료들이 손님을 맞고 있었다. 영정사진에는 맑고 앳된 얼굴의 청년이 금방이라도 뛰어나올 것 같이 웃고 있었다. 제대할 날짜가 한 달 정도 남아 있었다고 했다. 옛 동료이자 사랑하는 친구의 아들은 급성 백혈병으로 잠자듯이 엄마 곁을 떠났다. 특전사로서 열심히 훈련받고 잘 교육된 대한의 일꾼이 우리 곁에서 사라졌다. 표정 없이 아들 얼굴색처럼 맑기만 한 그녀의 앞에서 오열이 터졌다. 자신의 피 같은 자녀를 키우는 50대 동료들의 가슴에도 아픔과 설움이 목까지 차올라 울먹였다.

친구는 그 이후 뇌혈관 꽈리로 휴직하여 병원 치료를 받았다. 내가 타향살이처럼 2년간 근무하면서 자매처럼 의지한 친구다. 같은 선교회 회원으로 수용자를 위해 기도하고 모임에 꼭 참석했다. 그녀가 회장직을 맡고 있을 때였다. 남자 수용자들의 아버지학교를 선교 직원들이 주최하고 계획하여 알려 주었다. 그곳 화성의 각 교회에서 기도하고 지원하여 책임을 맡은 수용자를 위해서 기도회가 있었다. 나는 친구를 따라 교도소에서 가까운 염광교회로 그녀의 차를 타고 같이 가서 기도 모임에 참석했다.

외로운 섬 같은, 내가 근무하는 화성직업훈련교도소를 위하여 매주 한 번씩 모여서 한 달 이상을 기도했다. 기도 모임 후에 교도소에서 자기에게 맡겨진 수용자를 만났다. 그리고 거기서 아버지학교에 참석하여 그들의 아버지가 되어 주었다. 마지막 주에 세족식을 하며 끝낸다. 사랑이 아니고는 그렇게 한 달 이상 기도와 봉사를 해내기 어렵다. 자기 자녀를 위해서도 힘든 일인데 수용자를 위해 헌신하고 모여서 지역을 위하여 기도하는 분들이었다. 나는 모임에 참석하면서 화성 지역에 애정을 느꼈다. 그분들이 직장에서 퇴근 후 김밥 한 줄씩 먹고 모여서 뜨겁게 드리는 기도를 통해 하나님의 진실한 사랑을 체험할 수 있었다.

태어난 지 일 년이 안 된 손녀딸을 안고 그녀가 생각나서 전화했나. 직장에 다시 복귀하여 근무한다고 반갑게 전화를 받았다. 안부를 나누며 기분 좋게 통화를 끊었다. 그리고 겨울이 찾아왔다. 화성교도소는 염전이던 곳에 지은 터라 바다가 가까워 사방에서 바람이 유난히 많이 불었다. 겨울이면 바닷바람이 회오리바람처럼 윙윙거리며 소리를 냈다.

그녀는 그날도 오전 근무를 마치고 직원식당에서 동료와 같이 점심을 먹었다고 한다. 바람이 식당 문을 열어젖힐 정도로 거센 날이었다. 그날따라 온풍기가 고장이 났다고 한다. 그녀는 썰렁한 식당에서 다른 직원과 점심 식사를 마친 후 몸에 체기가 있다고 화장실에서 구토를 했다. 같이 식사를 한 팀장이 의무과에 연락하여 간단한 의료 조치를 한 뒤 휴게실에서 휴식하게 하였다. 그때 갑자기 머리가 아프다며 쓰러졌다. 119에 연락해서 평소에 다니던 병원에 가서 수술을 받았다. 병원에서는 수술이 잘되었다고 했다. 그러나 그녀는 잠든 채로 일어나지 않았다.

일주일이 지난 후 그녀가 중환자실에 있을 때, 나는 그녀의 휴대전화로 전화를 했다. 곁에서 간호하던 딸이 받았다.

"엄마가 빨리 일어나셔야 할 텐데, 우리가 많이 사랑한다고, 빨리 일어나시라고 해. 너도 힘내렴."

하지만 그녀는 누워만 있다가 하나님 품으로 영원히 떠났다. 나는 "하나님, 왜 그녀를 데려가셨어요? 힘을 낼 50대인데요?"라며 원망의 기도를 했다. 그녀는 지난해 가을 기독 선교 합창단에서 화성 대표들과 함께 '주를 따라 가리라'라는 곡을 불렀다. 그 찬양이 그녀의 노래가 되었다.

그녀가 이 세상을 사랑하고 다시 힘을 내는 것보다 본인이 경험한 아픔이 더 크지 않았을까 하는 마음이 들었다. 그제야 나는 "고생했다, 친구야. 네가 얼마나 열심히 소중하게 살아왔는지 안다. 그동안 애쓰고 수고했어. 내가 네 몫까지 노력하고 힘쓸게."라고 약속했다. 오십이 훌쩍 넘는 나이가 되어 종합 검진도 해보고 건강관리에 더 힘써야겠다고 생각했다. 아울러 나를 아끼며 가꿔야겠다. 내가 아프거나 없어진다면 지금까지 쌓아오던 나의 지구가 무너지고 사라진다는 사실도 생각하자.

직장에서 남은 소중한 시간 동안 직원들과 수용자를 위해 내가 할 수 있는 일을 하겠다고 결심하고 성동구치소에서 승진하여 화성으로 떠났다. 그러나 내 맘대로 안 되었다. 이곳은 여직원 인원도 모자랐다. 교도관은 자긍심과 자부심으로 꿋꿋하게 근무한다. 나는 출근하여 직장을 지옥처럼 여겨 본 적이 거의 없다. 물론 때로는 괴롭히는 소질이 있는 나쁜 수용자도 있었지만 결국 그들도 안타까운 사람이었다. 이 사람들을 보호하고 관리해야 하는 교정 전문인으로 연민을 갖고 대하면 수용자들이 마음을 연다.

이 모든 경험보다 늦게 승진한 내가 몇 년 근무하기에는 벽이 있었다. 그것도 당연하다고 생각했다. 그 벽도 참았다. 수용자 앞에서 노력하고 인내해온 30여 년을 한순간에 무너지게 하는 비애를

맛보고 마음의 고향을 떠났다. 그 순간 나의 연약한 유리성이 산산이 깨져 버렸다. 다행스럽게 믿음을 주는 훌륭한 소장님을 만났다. 덕분에 8월의 마지막 날에 명퇴식을 하고 즐겁게 집으로 돌아왔다. 독서와 훈련으로 무장된 양식 있는 교도관! 금보다 더 귀한 품격과 사랑이 함께하는 교정공무원을 소망한다.

하나님께서 나를 화성직업훈련교도소로 보내 주셨다. 그분의 뜻에 맞게 살려고 노력하면서 지냈다. 그리고 만족한다. 퇴직한 지금도 여전히 다 좋고 잘되기를 바라는 마음이다.

나는 7급으로 오래 근무하면서 항상 주인의식을 가지고 일했다. 승진한 분들은 3년마다 우리나라 교도소를 관광하듯이 돌았다. 정이 들 만하면 다른 곳으로 떠났다. 좋은 경험도 어려움도 많았을 것이다. 가정을 두고 3년마다 철새처럼 움직이는 그분들을 가슴에 담고 좋은 모습을 보이려고 노력했다. 나는 좋은 일을 하고 싶어서 동호회인 선교회 활동도 했다. 제대로 못했지만 정한 날에는 꼬박꼬박 참석하였다. 모여서 기도하면서 수용자들의 살벌한 분위기도 따뜻하게 변화되는 은혜가 정말 좋았다. 직장생활 하는 동안 이곳에서 보람과 기쁨을 찾았다. 따뜻한 손을 잡고 진정으로 웃었고 항상 행복한 교도관이 되었다.

사람이 미운 마음을 품고 있으면 분위기마저 딱딱하고 살벌해진다. 그 마음의 돌멩이는 결국 튀어나와서 파문을 일으킨다. 그러나 선교회에 모여서 완악한 수용자들을 위해 기도하고 그럴 수밖에 없는 환경을 불쌍하게 여기면 연민이 솟아난다. 그리고 긍정적인 힘이 생긴다. 그렇게 그들을 대하는 나날이 되면 마음에서 청량한 공기로 호흡하게 된다.

이왕이면 좋은 모습으로 교도관 마무리를 잘하자고 생각했었다. 우리 집에서는 내가 교도소에 근무하는 것이 싫었던지, 화성이 멀어도 좋다고 찬성했다. 물론 지금은 아니다. 나는 집에서도 항상 교도관이 얼마나 보람 있는 직업인지 누누이 설명했다. 나는 교도관이 좋았고, 앞으로는 교정 작가로 활동하며 전진할 것이다. 화성에서 2년 동안 잘 지냈으며 큰 사고 없이 생활했다. 그것은 직원들이 열악한 환경에서 성실하게 노력하며 도와준 덕분이었다. 오늘도 넓은 운동장에서 꽃을 바라보고 잡초도 뽑으면서, 운동을 시키고 있는 직원의 노고를 생각한다.

어떤 시련은
늦게 찾아온다

적당주의자가 되지 말라. 그것은 세상에서 가장 위험한 것이다.
휴그 왈폴

어느 추운 겨울밤이었다. 안방에서 자다가 꿈을 꾸었다. 친정집 앞에 있는 넓은 저수지 둑에 다른 사람들과 내가 서 있었다. 둑 안으로 내려가 물에 빠진 사람을 애타게 건져 올렸다. 그때 나는 '평소에 막냇동생이 연못에서 물고기 잡는 것을 좋아하여 발을 헛디뎌서 빠졌나 보다'라고 생각하고, 물에 빠진 아이에게 손을 내밀어 혼자서 이끌어 올렸다. 그러다 잠이 깨었다. 남편이 내가 안 좋은 꿈을 꾸는 것 같아 깨웠다고 했다.

월요일 아침, 혼잡한 분당선을 타고 출근하는 길이었다. 사람들이 많아서 손잡이를 겨우 잡고 밀리면서 서 있었다. 아직도 생생한 지난 밤 꿈을 생각하고 있었다. '무슨 뜻일까?' 3호선으로 갈아타기 위해 걸으면서 남동생에게 전화해 안부를 물었다. 별일 없이 잘 지내고 있다는 말에 안심하며 전화를 끊었다. 부지런히 전철을 갈아타고 걸어서 직장에 도착했다.

나는 성동구치소 여1동 하 담당이었다. 사동 내에서는 휴대전화가 금지라 사물함에 보관하고 들어왔다. 그날도 평소처럼 일과 시간에 맞춰서 운동, 접견, 의료와 연출, 변호사 접견, 그리고 제일 중요한 점검 등을 하고 하루를 마무리했다. 월요일은 접견도 많고 모든 일이 평소보다 많다. 거실 1방부터 8방까지 왔다 갔다 다니며 하루를 분주하게 보냈다. 수용자들은 좁은 거실에서 주말을 보내고 월요일을 기대한다. 자신의 번호를 부를 때마다 수용자들의 눈이 반짝인다. 시선을 마주칠 때마다 미소를 보내주었다.

일과를 마치고 늦은 오후 집으로 퇴근 중이었다. 꿈이 생각나서 며칠 연락을 안 한 딸에게 전화했다.

"여보세요. 딸, 잘 지내니?"

그 말이 끝나기도 전에 기침 소리가 들려왔다. 가슴이 철렁했다.

"어디 아프니?"

"오늘 너무 아파서 도서관에 못 갔어요."

"지금 빨리 집으로 와라. 엄마는 시장 봐서 집에 가서 있을게."

전화를 끊으며 가슴이 콩닥콩닥 뛰었다.

그 후 두 시간이 흐르고 딸이 심하게 기침을 하면서 들어왔다. 확인해 보니 B형 유행성 독감으로 밝혀졌다. 나는 정성껏 간호하며 보살폈다. 딸은 약도 먹고 주사를 맞으며 차도를 보였다. 목요일 오후에는 자리를 털고 일어났으며, 금요일에 고시원으로 향했다. 나는 좀 더 쉬라고 만류했지만 괜찮다며 떠났다.

오후에 딸이 병원에 다녀와서 다 나았다는 결과를 받았다고 전화가 왔다. 기쁘고 감사해서 손뼉을 쳤다. 마음은 여전히 짠하여 "애가 혼자서 집에도 연락하지 않고 계속 앓았으면 어쩔 뻔했냐."라며 안도의 숨을 쉬었다. 꿈이 새삼스럽게 생각났다.

일찍 퇴근한 남편도 같이 "나아서 정말 다행이다."라며 기뻐했다. 여러 가지 알게 해 주시는 하나님께 감사했다. 주말에 딸이 좋아하는 전복을 넉넉히 넣고 죽을 끓였다. 그리고 딸이 간식 겸 주식으로 먹기도 하는 고구마를 구워 가지고 가서 딸을 만났다. 열심히 잘 먹고 있는 회복한 딸이 고맙고 대견해서 "네 몸이 제일 소중해. 아프면 엄마한테 바로 알려줘."라고 신신당부한 뒤 집으로 돌아왔다. 그렇게 딸의 건강이 회복되는 모습을 보며 마음이 놓였다. 나도 딸이 합격하도록 더욱 간절히 바라며 직장 선교회와 친정어머니도 기도에 합력하셨다.

며칠이 지났다. 나는 또 꿈을 꾸었다. 친정 동네 우물가였다. 물을 길으려고 바가지 두 개를 내 손에 들고 있었다. 빨간색과 파란색이었다. 내 곁에는 내가 잘 아는 직원이 약간 흠이 있는 파란색을 들고 물을 길고 있었다. 며칠 후에 그 직원 아들이 사법고시에 합격했다는 소식을 들었다. 집에 가서 나는 딸에게 너도 곧 합격할

테니까 힘써서 마무리하라고 했다.

딸도 마음이 불안했던지 시간을 정하여 고시원과 가까운 교회에 다니기 시작했다. 사법고시 폐지론이 유력해지면서 정리할 단계가 되었다고 생각했다. 그러면서 많은 안정감을 찾았다. 드디어 시험 날이 되었다. 1차 시험은 작년에 합격하여, 2차 시험을 보는 그날도 시험을 무사히 치렀다. 그렇지만 몇 번 떨어지고 나니까 단정을 할 수가 없었다. 딸은 연세대학교 경영학과 2학년 때 합격한 회계사 자격증을 가지고 한 회계법인으로 찾아갔다. 일주일 후에 합격통지서가 집으로 왔다.

얼마나 기쁜지 말로 표현하기가 어려웠다. 지금까지 공부만 한터라 현실감이 없었다. 그러던 것이 합격통지서가 집으로 오자 정신이 번쩍 났다. 딸은 그다음 주 월요일부터 회계사로 가서 교육을 받았다. 딸은 마음을 못 잡고 발표를 기다리면서 한 달 동안 훈련과 교육에 돌입했다. 그리고 한 달 뒤 마라톤 체육행사를 하는 날, 사법고시 최종 합격자 발표가 나는 날이었다. 공부하면서 몸이 무거워진 딸은 "제발 마라톤 안 하고 합격했으면 좋겠다."라고 간절하게 빌었다. 나는 딸에게 "좀 더 기다리지 왜 그랬니?"라고 물었다. 딸은 "이번 시험에 내 능력으로 할 수 있는 노력은 다했으니까. 안되면 그것도 하나님의 뜻으로 받아들여야지."라고 말했다.

딸의 말을 듣고 나는 마음이 평안해졌다. 이렇게 절실하게 노력하고 또 결과는 믿고 하나님께 맡기니 좋은 결실이 있으리라고 확신이 왔다. 나는 딸에게 말했다.

"엄마는 네가 최선을 다해서 감사한다. 합격해도 감사하고, 안 돼도 네가 노력한 것으로 감사한다."

딸은 그해에 사법고시에 최종합격했다. 이렇게 좋은 소식을 주시려고, 그렇게 몸도 마음도 아플 일이 많았나 보다며 직원들도 같이 기뻐해 주었다. 직장 선교회에서 성동구치소 앞에 플래카드를 내걸었다. 쑥스럽고도 기뻤다. 어느 날 퇴근 때 집에 있던 딸을 직장으로 불렀다. 직원 선교회에서 정문 옆에 걸어놓은 플래카드 앞에서 나란히 사진을 찍었다. 모든 고난과 슬픔은 사라지고 또다시 의욕이 왕성하게 되살아났다. 모든 분이 감사하고 사랑스러웠다.

이 아이는 긴 여정의 목표를 완성하였다. 딸의 합격에는 남편의 도움이 컸다. 아들과 딸의 공부 비용에 관하여는 그이가 책임지고 살았다. 또 한 가지 감사하는 것은 공부 머리를 자기 아빠 머리를 닮아주어서 감사했다. 신실하게 끝까지 노력하는 자녀에게는 끝내 손잡아 주셨다. 딸도 큰 은혜 속에 세상으로 들어가서 증권회사 법무팀에 취직하였다. 노력하고 능력을 인정받아서 그 회사에서 최연소 팀장이 되어 열심히 일하고 있다. 대한민국의 귀한 일꾼으로 쓰임받기에 부족함이 없이 정갈한 모습으로 주위 본보기가 되기를 바란다.

괜찮아,
그늘 없는 사람은 없어

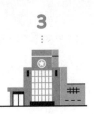

3

밝음은 항상 어둠에서 비롯됨을 알라.
《채근담》 중에서

우리 집 마당 큰 감나무에서 매미가 요란하게 울고 있었다. 뜨겁고 나른한 오후였다. 나는 마당비를 쓸며 청소를 하고 있었다. 그때였다. 개구쟁이 2명이 집 앞의 우물가로 들어오는 것이 보였다. 길갓집이라 목마르면 언제나 우리 집으로 바가지를 가지러 들어오곤 하였다. 둘 다 우리 이웃집에 사는 아이들이다. 아홉 살 준이와 일곱 살 된 호야였다. 내가 평소에도 귀여워하던 아이들이었다.

두 아이의 손에는 잠자리채가 들려 있었다. 워낙 더운 여름 날씨라 물을 마시려나 생각하며 담 너머로 아이들에게 미소를 띠며 내려다보았다. 그때 눈이 마주친 준이가 나를 불렀다.

"누나! 얘가 우물에다 침을 뱉었어요."

"물에는 침 뱉으면 안 돼! 혼나야 해. 한 대 때려줘!"

준이는 곧장 웃으면서 장난처럼 찰싹 하고 호야의 뺨을 살짝 쳤다. 아이들이 지나간 뒤 나는 우물에 뚜껑을 덮어야겠다고 생각했다. 그리고 집안일을 계속하고 있었다.

오후 3시가 지나고 갑자기 이웃집 마당에서 소란스러운 말소리가 들려왔다. 우물에 침을 뱉었던 호야의 엄마였다. 아들의 손을 잡고 아까 뺨을 때린 아이의 집을 찾아온 것이다. 호야 엄마는 마당에서 시끄럽게 목소리를 높였다. 온 동네가 조용하던 오후에 갑자기 소란스러워지자 가슴이 두근두근하였다. 온 동네 사람이 먹는 물에 침을 뱉었으니 혼내라고 시킨 당사자인 나는 이웃집으로 달려갔다. 마당에 도착하자마자 호야 엄마가 기다렸다는 듯이 나의 먹살을 탁 쥐고 흔들었다.

우리 동네 여자분 중에서 체구가 제일 좋은 호야 엄마였다. 그녀는 "왜 내 아들을 때리라 했어? 애가 맞아서 열이 나잖아!"라고 소리치면서 나를 때렸다. 너무나 놀랍고 황당한 일이라 정신이 하나도 없었다. 나는 바보같이 '그러면 안 된다고 주의만 줄 것을 왜 때려 주라고 했을까? 왜?'라고 후회하면서 계속 얻어맞았다.

말수도 없이 조용히 지내던 나에게 있어 호야 엄마의 요란한 주먹질과 폭행은 잊히지 않는 큰 사건이 되었다. 나는 항상 일상을 곰곰이 돌아보며 정리를 한다. 내 인생의 길목에서 늘 들고 다니며 읽던 소설이나 무서운 동화가 생각났다. 그 숱한 동화 속 인물보다, 현실에서 무섭게 소리치던 아주머니가 더 인상이 험악했고 소름이 끼치는 모습으로 기억되었다.

집에 와서 울고 있는데 육촌 아주머니가 그냥 두면 안 된다고 나를 병원에 데려갔다. 그러자 호야 엄마도 소문을 들었는지 고소를 했다. 할 수 없이 우리 집도 쌍방고소를 했다. 서류를 만들어 경찰서로 보냈다. 그 경찰서에는 동네 아주머니의 오빠가 형사로 근무하고 있었다. 그분은 "살다 보면 생각지도 않은 일이 생기는 법이니, 서로 화해하고 잘 지내라."라고 말씀하셨다. 그러면서 마지막으로 한 번 더 물었다. 이 사건을 어떻게 하겠냐고. 그때 나는 "취소하겠습니다."라고 대답했다. 그러자 호야 엄마도 동의했다. 그러자 서장님께서 훈시하고 끝냈다.

사건이 해결되던 날 아버지는 나를 외갓집으로 데려다주고 집으로 돌아가셨다. 나는 넓은 신작로에서 외삼촌 자전거를 타면서 여러 가지 갈등과 문제를 바람에 날려 보냈다. 외갓집은 언제나 나쁜 일을 날려버릴 수 있게 용기를 주고 마음의 상처를 회복시켜 주었다. 그렇게 며칠을 쉬다가 집으로 돌아왔다.

그때부터 그 집의 작은딸과 호야가 나만 보면 따라 다니며 돌멩이를 던지고 욕을 하였다. 아주머니는 나를 볼 때마다 눈을 흘기면서 무섭게 겁주었다. 나는 그래도 말 한마디 못했다. 이 세상에서 제일 무서운 사람이었다. 가만히 지나는 법이 없었다. 겁을 주고 소리치며 위협하는 사람을 보는 괴로움은 상상 이상의 고통과 두려움이었다.

다행히 동네 어르신들이 다 함께 합심하여 도와주셔서 그 집은 다른 지역으로 이사했다. 그들에게는 미안한 일이지만, 하늘이 다시 나의 편이 된 것 같았다. 그 집도 부디 잘 사시게 기도했다. 나의 어머니는 "잘 살아야 서로 잊고 살 수 있다. 나는 누구라도 잘 살기를 바란다."라고 하셨다. 곁에는 아버지가 계셨다. 우리 아버지는 동네에서 제일 양반으로 소문난 분이었다. 아버지는 아무 말씀도 없이 내 손을 꼭 잡고 계셨다.

나는 그 이후 마음을 잡고 공부하여 교도관이 되었다. 인내의 끝이 축복으로 왔다. 따뜻한 마음으로 참고 노력하면 하나님도 도와주신다. 시골에서 다른 곳에 취직한 것보다 그러한 사건 후에 교도관이 된 것으로 위축된 자존감을 회복시켰다. 그런 알력과 갈등

의 시간 10여 년을 통해 우리 가족의 인내심과 마음의 그릇이 넓어졌다.

결혼하고 시골에 갔더니 그 집은 빈집이 되어 있었다. 많은 생각이 났다. 슬펐던 일, 암담했던 일 등 갖가지 사건들을 보내고 오늘 빈집과 방앗간이 나란히 내 눈앞에 서 있다. 순간순간 어렵다고 낙심하지 말고 어려울수록 벌떡 일어나서 꿈을 향해 계속 나아가야 한다.

교회에서 성경을 읽다가 다윗에게 돌멩이를 던지며 욕을 한 시므이를 보고 호야네 가족 생각이 났다. 호야 엄마의 무서운 모습과 닮은 것 같은 그 작은딸은 유난스러웠다. 나와 그 아이 사이에는 아무 일도 대화도 없었는데 왜 그럴까? 자기 언니와 동갑인 나에게 왜 그러는지 이해가 안 됐다. 그녀는 초등학교 졸업 후에 도시로 돈 벌러 가고 없었다. 그때는 그 엄마가 성경의 골리앗보다 크고 무서운 사람으로 내 가슴에 각인되었다.

교도관이 되어 만난 수많은 수용자들은 그분처럼 무섭지 않았다. 그러니 마음이 가고, 그들이 안타까웠으며, 새롭게 살길 바랐다. 퇴직한 지금도 교도소 근무의 소소한 일상은 나의 힘과 보람이 되어 주고 있다. 수용자들이 죽음의 고난에 빠지지 않고 아픔을 딛고 꼭 회개하여 대한민국의 일꾼이 되길 바란다.

나는 원래 호야의 큰누나와 친했다. 그녀는 다른 친구들보다 활달하고 입담이 좋았다. 그때는 군것질거리가 부족할 때라 과자와 여러 가지를 팔고 있는 그녀의 집이 부러웠다. 하루는 그녀가 나에게 다음에 과자를 가져다주겠다고 했다. 그래서 잔뜩 기대하고 있었는데, 깜빡했는지 가져오지 않았다. 서운해하는 나를 보고 그녀도 속상해했고, 어쩐지 이후로 우리 사이는 조금 서먹해졌다. 하지만 그 일을 나는 금방 잊어버렸다. 뒤늦게 생각해 보니 의문이 풀렸다. 그때 그녀에게 미안하다고 사과했으면 좋았을걸.

나는 진학을 했고, 그녀는 돈 벌러 가서 없는 사이에 이런 사건들이 벌어졌다. 호야 엄마는 멀리 돈 벌러 간 딸이 생각 날 때마다 나를 미워하지 않았나 하는 생각이 들어서 미안했다. 서로 마음속을 모르는 사람에게는 조그만 것이 큰 불씨가 되기도 한다.

이러한 일을 계기로 나는 끝까지 고집을 부리거나 완강하게 주장을 펼치는 일을 피한다. 그리고 잘못한 것은 먼저 미안하다고 말하며 화해의 손을 내밀어 평안한 관계를 유지하게 되었다.

기도하는 일 외에는
방법이 없는 사람들

장벽은 가로막기 위함이 아니라
우리가 얼마나 간절히 원하는지 증명할 기회를 주기 위해서 거기 서 있다.
랜디 포시

싸늘한 늦가을 아침, 출근하여 교육실에 들른 후 수용실 검방 근무를 했다. 공문이 내려와서 읽어 보니 전날 우리 구치소에 살인죄를 저지른 수용자가 입소했다는 내용이었다. 더불어 방 검사와 몸 검사를 철저히 할 것을 당부하였다. 거실검사는 수용자 방 안에 직원들이 근무시간을 정해놓고 방을 지정하여 몸 검사와 함께 방 안 검색을 한다. 규칙적으로 또는 불규칙적으로 실시하는 매우 중요한 일이다. 그때 수용자들의 내부생활을 확인하고 안전 유지에 힘쓴다. 중점 사항은 그때그때 다르다. 대부분 평균적인 사항이다. 한 달에 한 번 이상 한 시간 일찍 출근하고 인원 점검을 마친 후 수용실 검사에 전 직원이 투입된다. 주요사항은 다음과 같다.

첫째, 청결과 정리 상태 확인, 부정 물품 유무 확인

둘째, 자살이나 도망, 그리고 삶에 대한 회의 등의 낙서와 확인 검사

셋째, 거실 내의 수용자 화합 질서 의식 및 낙서 확인 검사

이 외에 방 안 분위기까지도 예리하게 파악한다. 긴 끈이나 칼, 못 또는 오래된 음식, 남긴 남은 음식 등을 버린다. 다른 거실의 책이나 너무 낡은 책, 만든 물품 등을 점검한다.

검방 근무도 족집게처럼 예리하게 잘하는 직원이 있다. 나는 개인적으로 원래 천성이 감성이 풍부하고 내 눈으로 보면 다 괜찮은 것 같았다. 나는 깔끔하게 잘하는 직원이 부러웠다. 수용자도 사람을 파악한다. 항상 마음이 반듯하고 흔들리지 않는 자세로 대해야 한다. 방 검사는 근무상 많이 했고 중요하다. 힘들지만 동시에 사고 후에 혼내는 것보다 예방효과도 있다. 요란한 수용자 방 안에서 좋은 생각보다 나쁜 생각을 많이 할 수 있다. 수용자들이 규칙을 잘 따르고 절도 있게 생활하여 재범을 안 하게 만드는 것이 교도관의 목표다.

근무자의 규칙에 따라 부정 물품과 자살이나 삶의 회의로 고뇌하는 수용실을 파악한다. 단체생활이기 때문에 물은 끓인 식수를 마신다. 자기 돈으로 사용하지는 못한다. 본인이 맡겨서 보관된 돈으로 필요할 때 구매를 한다. 교도소에 맡겨져 있는 수용자 개인의 돈을 영치금이라고 한다.

이곳에서도 생활필수품으로 휴지나 고추장, 간장 등을 사두고 식사할 때 같이 사용한다. 이것은 자신의 돈으로 사야 한다. 여기도 돈이 꼭 필요한 곳이다. 가족들이 접견도 필요한 만큼 와주고 연락을 서로 가져야 한다. 여기야말로 가족이 끈이고 힘이다. 이를테면 교도소에서 형을 살다가 모범 가석방을 내보낼 때도 가족과의 서신이나 접견으로 연락이 되고 보호자가 되어야 한다.

부정 물품 가운데 흉기나 끈, 변형된 물건 등을 발견하면 수거하여 보고한 뒤 폐기 처리한다. 위험 물건 소지 여부에 따라서 관련된 수용자를 조사하고 예방조치를 한다. 교도관은 사람의 생명을 제일 소중하게 여기는 직업이다. 수용자가 가족이나 피해자와의 어려운 관계 등에 대한 이야기를 하면 상담해 주기도 하고, 삶이 회의적이고 의욕이 없을 때도 관심을 가지고 마음을 쓴다. 자살의 우려나 삶의 갈등이 있을 때 주의 깊게 바라보며, 종교로 새 생활을 할 수 있도록 인도한다.

로마 교도소에서 바울과 실라의 기도와 찬양으로 교도소 문이 열렸을 때였다. 그때 그곳의 담당 교도관이 칼을 빼서 자살하려고 했다. 왜 그랬을까? 수용자들이 다 도망 간 줄 알고 그런 것이다. 그때 바울이 "놀라지 마라. 우리는 여기 다 있다."라고 했다. 그 교도관의 가족까지 세례를 받고 구원을 받았다.

내가 그 교도관의 입장이 되어 생각하고 기도한다. 교도소에 근무하고 있는 동안 최선을 다해 영혼을 구원하고 수용자가 죄에서 벗어나는 삶을 살게끔 도와야 한다. 이러한 믿음으로 교정 선교회가 활성화되고 마음의 어두움을 밝혀 주는 큰 역할을 하고 있다. 영적인 후원을 받고 기쁨으로 근무하게 된다.

나는 하나님을 믿으며 사랑을 품고 교도소 근무를 한 것이 인생의 제일 소중한 순간들이다. 완악하게 빡빡한 고집쟁이 수용자가 순종하며 죄를 뉘우치는 모습, 주위 사람들에게 힘을 주는 변화된 모습을 보면 환희와 자부심을 느끼게 된다. 근무가 즐겁고 솔선수범하며 수용자에게 손길을 내민다. 하나님이 주신 직분임을 굳게 믿는다.

살인으로 입소한 K는 상1방에 수용되어 있었다. 그녀는 평소에 남편이 가정에 소홀하다는 이유로 자주 다투다가 살인 청부업자를 고용해 남편을 살인하였다. 1심 선고재판에서 그녀는 사형을 확정받았다. 그녀는 교도소에 와서 신앙에 의지하고 사형당하지 않으려고 큰 노력을 하였다. 상고심도 마쳤으나 결국 사형이 집행되어 30대의 젊은 나이에 형장의 이슬로 사라졌다.

K가 성동구치소에 수용되어 있을 때였다. 지방에서 그녀의 부모님이 오셔서 대성통곡을 했다. 접견실이 많이 떨어져 있었는데도 통곡 소리가 들릴 정도였다. 달래 주는 교도관에게 그들은 K를 가

졌을 때 꾼 태몽 이야기를 해 주었다.

꿈속에서 K의 어머니는 들판을 걷고 있었다. 그때 어디선가 "나 좀 살려주세요."라는 소리가 들려서 돌아보았다. 그곳에는 코스모스가 한 송이 예쁘게 피어 있었다. 가냘프게 핀 코스모스는 살려달라며 울고 있었다고 한다. 그 얘기를 들은 교도관도 눈물이 났다.

물론 남편을 죽게 한 K의 죄는 미웠다. 그래도 부모가 예쁘게 키운 딸이 이런 결과가 되어 마음이 아팠고, 슬프게 우는 부모님을 봐서 목숨만은 살려주기를 원했다. 하지만 결국 다른 몇 사람과 같이 어느 날 사형이 집행되었다.

나는 그녀가 죄를 극복하고 이겨내어 당당하고 정직한 인생을 살길 바랐다. 교도관은 수용자가 반성하고 열심히 살아가길 바란다. 살면서 반성하고 회개하며 눈물로 빚을 갚아야 한다는 것이다. 살인범도 인간이며 그의 생명의 주인은 신이시다. 간절히 애원하며 기도하는 권리는 수용자에게도 있다고 생각한다.

그 이후 우리나라는 사형 집행 정지 국가가 되었다. 교도관은 그들을 교정 교화하고 그들은 열심히 살아가길 바란다. 새 일꾼이 되어 사회에 꼭 힘을 보태길 바란다. 누구나 따뜻한 사랑을 받으면 그 가치를 한다. 수용자들이 회심하고 인생을 세우길 소망한다.

교도관은 수용자의 거실 문을 한꺼번에 열지 않는다. 한 군데를 종료하고 닫고 또다시 시작한다. 중요한 근무규칙이다. 우리는 항상

길 잃은 양들이 한꺼번에 나올까 봐 경계하고 안전하게 한다. 야간의 매트 깔린 복도 길을 소리 죽여 걷는다. 내 발자국이 잠을 깨울까 봐서. 방 앞에서 예리하게 방 안을 확인한다. 화장실 출입은 확인 후 그 방을 지난다. 야간 0시의 시점에서 새로운 하루를 향한다. 파수꾼이 되어 맑고 고운 새 아침을 기다린다. 수용자는 교도관의 기도와 소망의 대상이다.

수많은 시간을 마음 다해 근무했다. 수용자도 대부분 규칙을 지키고 적응하여 살아간다. 서로 마음이 연결될 때 교정 교화가 이루어진다. 그들의 아픔과 회개, 시행착오의 상담은 간접경험이 되었고 겸손하게 사는 인생이 되었다. 수용자는 날개에 상처를 입고 제복 입은 교도관에게 안전하게 맡겨진 하나님의 선물이라고 여겼다. 화도 많이 냈고 엄하게도 했다. 대한민국이 기다리는 자신의 자리로 돌아가서 회복하고 봉사하는 삶이 되길 바란다.

너도 꼭 너 같은 사람 만나서 아파해라

그릇된 행동에 대한 후회는 인생을 구원해 주는 은총이다.
데모크리토스

전주로 가는 호남고속도로는 넓게 잘 열려 있었다. 여름휴가를 맞아 둘째 시누이 댁에 가는 길이었다. 남편의 고향인 그곳에 막내 시누이와 같이 살고 있다. 낮고 아담한 산이 연이어 있다. 이서를 지나 원동면으로 가는 길이다. 짙은 황토색인 땅이 선명하다. 내가 태어난 경상도와는 다르게 땅이 평평하고 널찍하다. 드디어 시누이 집에 도착했다. 방 2개와 마루가 있는 기와집이었다. 큰아들 진이가 마루에 앉아서 믹서로 고추를 갈고 있었다. 저녁 반찬에 사용할 양념이었다. 복숭아밭에서 일하던 시누이가 돌아왔다. 겉절이 김치 용도의 배추와 찌개 끓일 준비를 해 왔다.

"아! 왔어?" 말수가 별로 없는 시누이는 피곤한 몸으로 싱긋 웃으며 마당으로 들어섰다. 장남이 갈아놓은 고추와 마늘 등의 양념을 배합하여 살짝 절여놓은 연한 배추로 겉절이 김치를 담갔다. 그리고 논 옆의 수로에서 잡은 붕어로 찌개를 끓이기 시작했다. 이것은 시어머니가 특히 좋아하는 별미음식이었다. 시누이는 요리솜씨가 좋아서 붕어찌개를 끓이는 날은 동네 사람들이 코를 킁킁거리며 입맛을 다신다고 했다. 밭에 있던 시누이의 남편도 돌아와서 저녁 식사가 시작되었다.

첫 번째 반찬으로 겉절이를 한 입 먹었다. 와! 금방 담근 김치가 혀에 감기는 맛이 꿀맛이었다. 그것만 가지고도 밥 한 그릇을 그 자리에서 다 먹어도 서운하지 않을 정도였다. 그런데 애호박을 넣은 붕어찌개가 오늘의 메인이었다. 한 숟가락 푹 떴다. "어머나! 어디서 이런 맛이 나올까?" 이건 사랑이라고 말해야겠다. 환경과 태양 아래에서 타고난 손맛이라는 느낌이었다. 서울서 내려오면서 고속도로 휴게실에서 가락국수와 어묵을 먹어서 배가 고프지 않은 상태였는데도 꿀맛이었다.

농사일로 얼굴이 까맣게 탔지만, 눈이 시원한 시누이는 어머니와 가까이 살면서 아들 역할을 해냈다. 손맛과 양념이 어우러진 진한 맛은 이분 아니면 어림없다는 생각이 들었다. 이후 붕어찌개를 한 번씩 끓여 먹을 때마다 시누이를 생각한다.

그 집 막둥이 개구쟁이가 우리 아들보다 한 살이 위였는데, 내품에 안겨 있던 아들에게 계속 집적거렸다. 아들은 싫다고 찡그리며 몸을 흔들었다. 사람들은 웃으면서 가만히 있는데, 참다못한 나는 아이를 탁 때렸다. 그러자 아이가 "앵!" 하고 울었고, 시누이는 머쓱해하며 얼굴이 붉어졌다.

그때는 철없는 어린아이가 이렇게 행동하면 말려야지 웃고만 있다고 야속해했다. 그렇지만 어린 아기가 좋다고 장난친 것일 수도 있는데 내가 과민반응을 한 것 같아 후회했다. 나는 평소에 많이 참는 편이다. 그 후부터 계속 마음이 편치 않았다. 그런 일이 있었음에도 불구하고 그 집에서 휴가를 잘 보내고 시누이에게서 꿀처럼 달고 시원한 복숭아를 한 상자 얻어서 집으로 돌아왔다.

시골에 계실 때부터 몸이 약했던 시어머니는 지병으로 점점 힘들어하셨다. 그래서 영동 세브란스 병원에 다니며 처방 약과 관리를 받고 계셨다. 나는 직장에서 야간 근무 후 비번인 날에 병원에 들러서 약을 타가지고 오곤 하였다. 어머니가 편찮으시니 집안이 시끄럽고 공기가 안 좋았다. 서로 나서서 도와야 하는데 쉽지 않았다. 그것도 불만과 스트레스가 되었다. 퇴근해서 집에 돌아오면 나한테만 의지하는 시어머니가 벅차고 힘들었다. 비번에 쉬고 싶은데 그 무거운 공기와 환자의 앓는 목소리는 온 집안에 가득 찼다. 그 와중에도 아이들은 소리 없이 자라고 있어서 희망이 생겼다.

시어머니는 몸은 연약하셨지만, 우리 아이 둘을 최선을 다해 보살펴 주셨다. 못된 나는 그 순간의 고마움은 잊어버리고, 너무 힘들고 몸이 고단하다고 생각이 들었다. 나는 큰집 동서인 형님에게 전화를 걸었다. 어머니를 한 달만 돌봐 주시라고. 나는 그때 직장에서 승진 문제로 교육 갈 때가 지났다고 총무과에서 신청해서 가라는 말을 듣고 있었다. 가정 사정이 안 돼서 미루고 있던 일이었다.

형님은 집안 사정으로 도저히 안 된다고 전화를 끊었다. 할 수 없이 어머니 병이 더 심해지면 내가 휴직을 내고 병간호를 하자고 남편과 결정했다. 어머니는 한동안 평안하게 지내셨다. 오랜만에 몇 달 동안 안정을 찾은 시어머니를 둘째 시누이 댁에 맡기고 나는 일주일간 교육을 다녀왔다. 내일은 어머니를 모셔와야겠다고 생각하며 집에 도착했다.

그때 시누이에게서 전화가 왔다. 어머니가 돌아가셨다고…. 내 앞에 안 계셔서 그런지 전혀 현실감이 생기지 않았다.

차로 어머니의 시신을 모셔 와서 경찰병원 장례식장으로 갔다. 남편이 교회식으로 장례식을 하자고 했다. 그런데 시누이들이 어머니는 교회에 다니지 않았다면서 반대했다. 그중에서 둘째 시누이가 제일 심하게 반대했다.

그들은 몰랐지만 시어머니는 교회에 다니셨다. 처음 나와 함께 살기 시작하셨을 때, 머리가 아프다며 자는 나를 깨우곤 하신 적이 있다. 하루는 꿈을 꾸고 심하게 머리가 아파서 안수받는다고 새벽에 일어나서 가까운 교회로 갔다. 그 교회에서 기도하고 머리가 안 아프다며 계속 출석하셔서 세례를 받으셨다. 시어머니는 그 사실을 믿음이 없는 딸에게는 말하지 않으셨다. 그래서 나는 집에 보관해둔 시어머니의 세례증서를 보여주었다. 결국 교회식으로 장례를 치르기로 했다.

　　장례를 마치고 시골집으로 돌아간 며칠 뒤 둘째 시누이한테서 전화가 왔다. 평소 눈에 거슬리던 모든 점을 낱낱이 말하며, 안 좋은 말을 10여 분 이상 퍼부었다. 나도 속상하고 남모르게 일을 겪었지만 내색하지 않고 살았다. 그래도 시누이에게 받은 것도 많았고, 내내 맘에 걸렸던 그 집 아들을 때린 일이 생각나서 참고 참으며 전화를 끝까지 들었다. 그리고 알겠다며 노력하겠다고 했다. 속이 터지는 것 같았다. 사람이 어렵고 큰일을 겪어 보면 본 모습이 나온다 하더니, 평소에 잘 대해 주던 모습이 허망했다. 하지만 편찮으신 어머니를 맡기고 그곳에서 돌아가셨으니 많이 놀랐으리라 생각하고, 큰 짐을 맡긴 것 같아 미안했다. 남편도 동생으로서 항상 누나에게 받기만 하였다.

　　양지바르고 예쁜 곳에 산소를 정하게 되어 자주 찾아뵈었다. 그곳에서 시누이네를 만나서 같이 식당에서 식사하고 헤어지곤 하였다. 어머니가 돌아가시고 몇 년 후 둘째 시누이가 계속 어머니가 꿈에 나타나서 잠을 이루지 못한다고 했다. 그러고 보니 얼굴이 반쪽이 되었다. 병원에 가 보라고 해서 검사를 받았는데 간경화라고 했다. 이미 손을 대지 못할 지경이라고 하였다. 그런데 더 큰 문제는 시누이가 스스로의 생명에 소망이 없었다는 것이다. 치료 의지가 없고 오히려 포기한 것 같아 마음이 아팠다.

둘째 시누이는 동네에서도 음식 잘하고, 인사 잘 챙기는 것으로 인정받았다. 그런 시누이가 병이 나서 나이 오십을 겨우 넘어 죽게 되었다고, 막내 시누이가 울면서 전화를 해서 전주대학병원으로 달려갔다. 모든 형제자매와 그 자녀들이 모여 평생 고생한 둘째 시녀를 지켜보았다. 그중에서 막내 시누이가 자기 형부한테 울며 소리쳤다. "입원도 시키고 요양원에도 보내자."

얼마 후에 둘째 시누이의 남편이 다른 여자와 만나고 있었다는 사실을 알았다. 말수도 없고 인물도 없어 속을 보이지 않던 그에게 배신감이 들었다. 시누이는 그렇게 허망하게 죽었고, 그 남편은 장례 지내고 얼마 지나지 않아서 새살림을 차렸다. 시어머니가 제일 좋아하던 사위였다. 평소에 음식도 잘하고, 인정 많고 활발했던 시누이가 4남매를 키우며 뜨거운 볕 아래의 노동으로 몸이 망가졌다. 장례식에 가서 말이 안 나왔다. 시누이는 몸이 아프니 4남매를 부지런히 결혼을 시켜 짝을 찾아주었다. 그렇게 자신이 할 수 있는 일은 끝내고 그녀는 먼 길을 떠났다.

할아버지 산소 가까운 곳에 둘째 시누이네 과수원이 있어 한 해에 한두 번 오가곤 한다. 과수원은 그대로 꽃피고 지고 하는데, 휴가 때에 자주 가던 집과 땅은 생소한 남의 것이 되었다. 나는 감히 말한다. 의리도 명예도 사랑도 모르는 사람, 너도 꼭 너 같은 사람 만나서 나만큼 아파하라고. 절대로 헌신만 하지 말고 나를 돌보자. 건강한 몸이 영원하지 않다는 사실을 마음에 새기자.

하루는 웃고
하루는 울고

항상 맑으면 사막이 된다. 비가 내리고 바람이 불어야만 비옥한 땅이 된다.
스페인 속담

오전 10시경 공원에는 동네 할머니들이 모여서 운동을 하신다. 맑은 햇살 아래 상수리 나뭇잎은 간밤에 바람이 불었는지 여기저기 바닥에 떨어져 있다. 곁에 계신 분이 엊그제 김장을 마무리하여 한결 가뿐한 마음이 되어 공원에 나왔다고 했다. 곁에서 다른 할머니가 힘들었겠다며 걱정스럽게 말하자, 남편이 많이 도와줘서 할 만하다고 하셨다. 나는 그 모습을 보며 화성교도소의 할머니들이 생각났다.

지금은 교도소도 추우면 난방을 한다. 어느 겨울, 처음으로 난방을 설치하던 해였다. 노인 수용자 처우로 먼저 시행되자, 노인들이 지정된 방으로 모였다. 노인들은 제각기 수십 년간의 연륜과 남다른 개성을 가지고 있었다. 그중 한 사람이 O 여인이다. 이 사람은 형을 많이 받은 장기 수형자다. O 여인은 몸이 아프다며, 같이 사는 동료들을 위해서 움직이지 않았다. 으레 사람들도 손을 내밀지 않았다. 그렇게 오랫동안 움직이지 않고, 음식까지 편식하자 몸이 점점 망가졌다. 나이가 많아도 나서서 방 안 청소와 화단 정리 등을 자원해서 하는 사람도 있는데, O 여인은 움직이지 않고 5년을 보내자 처음 들어왔을 때보다 10년은 더 나이 들어 보였다. 걸을 때도 다리가 아파 살살 걸어 다녔다.

그러던 어느 날이었다. O 여인과 B 여인 사이에 싸움이 발생했다. 폭력까지는 안 갔지만 계속 두 사람의 끊이지 않는 언쟁으로 같이 있던 동료 네 명이 견딜 수가 없다는 것이다. 그때 마침 B 여인의 남편이 접견을 왔다. 그 남편은 한 달에 한 번씩 와서 소식을 전하고 먹을 것을 챙겨 주곤 하였다. 그녀의 말에 의하면 남편은 자기 몰래 젊은 여자와 따로 살림을 차렸다고 했다. 그 말을 하며 무심히 생각에 잠겼다. 어느 날 접견과 사무실에 들르느라 밖에서 그녀의 남편을 보니 아담하니 깨끗하고 여성스러워 보였다. 그 반대로 B 여인은 사업도 하고 때로는 싸움도 하고 또 후회하는 털털한 사람이었다. 접견이 끝나고 나는 그녀를 사무실로 불러서 상담했다.

같은 방에서 사이가 안 좋은 O 여인과의 싸움에 관한 얘기였다. 나는 "서로 양보하고 협조하면서 지내야죠. 따뜻한 방도 거기밖에 없는데 다른 곳으로 가고 싶어요? 자꾸 싸우는 이유가 뭐예요?"라고 물었다. 그러자 그녀는 "방에서 자기 일도 제대로 안 하면서 만사에 참견을 해서 못 살겠어요."라고 답했다. 나는 "성경도 읽고 얼마 남지 않은 출소 때까지 기도하는 마음으로 지내다 가세요."라고 했다. 그녀는 형기 종료를 한 달 남겨두고 있었다. 앞으로는 잘 지내겠다고 약속하고 방으로 돌아갔다.

다음 날이 되었다. O 여인의 아들 접견이 예약된 날이었다. 형을 많이 받은 어머니를 보러 자주 찾아오는 아들은 자연히 주위 사람들의 입에 오르내렸다. 효자 아들은 그날 경사를 전했다. 결혼 후 오랜 시간 아이가 안 생겨 걱정이었는데 얼마 전 아내가 임신을 했다는 것이었다.

아들과 접견을 마친 O 여인은 사무실에 면담을 청했다. 나는 그녀에게 "정말 축하드려요. 효자 아드님이 복받으셨네요."라고 말했다. 그녀는 그동안 일으킨 다툼들을 반성하며 손자와 집안을 위해서 기도하고 싶다고 말했다. 나는 정말 잘 생각했다며, 조심스럽게 봉사하는 마음으로 살아가면 좋겠다고 한 뒤 방으로 보냈다.

O 여인은 사회에서 금수저로 살다가 수용 생활을 하였다. 막 입소했을 무렵에는 교도관도 무시하고 자기 사고방식으로 힘들게 했던 수용자였다. 10년 가까이 수용 생활을 하면서 신앙도 가졌다. 스스로 많은 부분을 내려놓기도 했다. 그러면서 아들도 자기처럼 신앙을 가지면 좋겠다는 생각을 말했다. 그 후 두 여인은 남은 기간 서로 부딪히지 않고 무난한 생활을 하다가 B 여인이 먼저 출소

했다.

네모, 세모, 그리고 이 모양 저 모양으로 만나서 다투면서 화해하고 또 적응하려 애쓴다. 같은 여성으로 하루하루를 애쓰고 지적당하지 않고 물의를 일으키지 않으려 노력한다. 현 상황을 슬퍼하면서 이겨낼 줄도 아는 사람들이었다.

풀은 얼마나 잘 자라는지, 잊어버리고 있으면 금세 넓은 운동장을 군데군데 초록색으로 물들인다. 운동 나온 수용자들과 잡초를 뽑으면서 시간을 보내고 나니 어느새 오후 2시였다. 사무실로 돌아왔는데 전화가 왔다. 민원실에서 온 전화였다. 일주일 전에 출소하여 집에 간 B 여인이 와 있다는 것이었다. 자신이 있을 때 여러 가지로 신경 써 줘서 고맙다며 일부러 찾아왔다고 한다. 사무실을 비워 둘 수가 없어 못 나간다고 하니 피자를 넉넉히 사왔다며 가져다 먹으라고 했다. 멀리서 오느라고 고생하였다고 말하며 먹은 것으로 대신하겠다고 인사를 전했다. 진심으로 고마웠고, 잘 사시라고 하며 전화를 끊었다. 매일 강물이 다르듯이 어느 방이든지 희로애락을 겪고 울고 웃으면 세월이 흐르고 또 정이 쌓여 간다. 가끔 생각이 나면 잘 살고 있겠지 하며 그 인생이 평탄하길 기도한다.

내가 성동구치소에서 사동 담당으로 근무할 때였다. 그날따라 사무실에 있는 팀장 언니에게도, 사무실에서도 뭔가 모르게 역량을 인정받지 못한다는 자괴감에 젖어 있었다. 상층인 내 자리로 가기 위해 터벅터벅 계단을 오르던 때였다. 사동 도우미 S양이 사무실에서 나를 찾는 연락이 왔다고 했다. 그래서 다시 사무실로 돌아가 "언니, 저 불렀어요?" 하자 "아니. 내가 왜? 오늘 만우절이라고 장난쳤나 보네!" 하고 놀리는 것이 아닌가.

그때 나의 열등의식과 부족함에 스스로에게 화가 났다. 평소에는 싹싹한 사동 도우미 아이를 그 일로 험악한 태풍이 몰아치듯 퍼부었다. 감각 있고 귀여운 점이 많은 아이였다. 그 이후에 관계 회복을 못하고 그녀는 출소했다. 어린 나이에 나의 괴팍함에 많이 놀라고 괴로웠을 것이다. 그녀는 성동구치소에서 출소한 뒤 아는 사람에게 채용되어 돈을 벌고 있다는 말을 들었다. 회복할 수 있는 기회를 놓쳤다. '나는 왜 의도한 것보다 일을 더 크게 만들까?'라는 고민을 하였다. 나는 지혜롭게 말하고 적당한 선에서 지적하는 법과 내 감정 다스리는 법을 배우지 못했다. 나는 몰지각한 교도관이 되어 반성했다. 항상 성실하게 배우고 겸손해야 한다고 생각했다.

위비곤호수효과(Lake Wobegon effect)라는 말이 있다. 다른 사람과 비교했을 때 자신이 훨씬 낫다고 과대평가하는 경향을 말한다. 나도 그런 생각을 한 적이 여러 번 있다. 직장에서 그렇게 오랫동안 근무를 했어도 신기하게 국장 상도 타지 못했다. 다른 상은 가끔 받았는데 왜 받지 못한 그 상은 그렇게 아깝고 생각이 나는지…. 그리고 열과 성을 다해 근무해도 보통 위로 올라간 적이 없다. 직원식당에서 근무할 때도 똑같은 부식비를 가지고 더 좋게 제공하기 위해 새로 산 차에 짐을 잔뜩 싣고 열심히 뛰어다녔지만 평가는 C였다. 정말 허망하고 기운이 빠졌다. 그때부터 그런 것에 연연하지 않고 평점에 대한 기대를 버렸다.

내가 진정한 맘으로 노력한 것은 자녀들에게 축복을 부어달라는 기도였다. 그리고 최선을 다해도 나에게 오는 점수가 나쁘면 오히려 집에 좋은 일이 생길 것이라 기대했다. 그러면서 결정적으로 좋은 점수를 받은 적이 있다. 동기 O 과장이 성동구치소에서 직속 과장이 되어 최고점수인 SS 특대를 받았다. 나의 자존감 회복에 큰 도움이 되었다. 그 한 번으로 만족했고 기념으로 여겼다. 사람은 몰라도 하나님은 항상 나를 지켜보신다고 생각했고, 같은 모습으로 살아왔다. 그리고 내가 한 일에 비교해 훨씬 큰 축복을 받으며 산다고 믿었다.

과연 이 길만이
정답일까?

기도함으로써 더 나은 사람이 되는 이의 기도는 응답을 받을 것이다.
조지 메러디스

"성공의 비결은 목적을 향해 시종일관하는 것이다."라고 영국의 정치가 디즈레일리는 말했다. 어머니의 태에서 이 땅에 발을 내민 순간부터 인생길의 출발선이다. 이 순간에 이른 나는 지난 시간에 감사한다. 지금까지 잘 이겨낸 나의 따뜻한 심장과 상처 났던 흉터도 쓰다듬어본다. 남들이 이해하기를, 안아주기를 기다리지 말고 내가 먼저 나를 포용하자. 나의 마음은 내가 지켜주자. 낮은 곳에서 서서히 높은 곳으로 향해지는 나의 인생길이다. 제일 큰 관문인 부모님의 품을 떠나서 가정을 이루었다. 우여곡절 끝에 여정의 결실과 보람을 맛보는 기쁨을 가졌다. 이제 내가 가진 것은 또 꿈꾸던 희망의 축복된 항구다. 떨리고, 서투르지만 반듯한 길을 찾아 새로운 인생의 출발이 되었다.

삶이란 인생 여행의 과정이다. 그리고 언제든지 여행을 마치고 돌아갈 수 있는 나의 가정인 항구가 존재한다는 점이 행복하다. 여성은 가정을 지키는 최우선 주인공이다. 태풍이 오면 지지대와 바람막이를 해주고 한파가 오면 따뜻한 덮개를 씌워주자. 가까이서 오고 있는 새봄을 마중 가자. 방랑객처럼 겉도는 바깥사람은 부나비처럼 모험하고 춤춘다. 그 장단에 말리지 말고, 내 모습을 가지고 좋은 책을 스승으로 만나자.

우리가 만든 항구는 나 혼자의 것이 아니다. 부강한 나라의 기본도 된다. 장성한 자녀들에게도 힘들고 외로울 때 피난처, 휴식의 제공처가 되고, 사랑하는 피붙이에게 힘이 되자. 그 경로 속에 다양하게 공유하는 방법이 생긴다. 이왕이면 나누고 함께 자라가는 모습을 선택하자. 그곳에서 나를 중심으로 이뤄지는 형제자매, 친척, 부부와 자녀들로 가지와 뿌리를 덧붙여 삶의 군락을 이루며 더불어 성장하자. 그리고 지나가는 행인들도 쉼을 얻는 아름다운 숲을 이루자.

다른 모습으로 만난 결혼으로 서툴고 부족한 것은 당연한 일상이다. 살면서 서로 어떤 선택을 이어갈 때 공감하며, 품었던 오해도 풀고, 새 창조와 기쁨을 이루는 것이 바람직한 생각이다. 부부간에 연결된 동반 관계를 기본으로 튼튼한 신뢰의 뿌리가 깊은 가정으로, 낮은 곳에서부터 견고하게 잘 자라게 한다. 누구든지 사회생활과 직장생활을 함께 하는 것은 양보가 필요하다. 많은 희망사항 가운데 중요한 것부터 순서대로 챙기자. 나의 꿈과 소망은 꼭 이루어

진다. 또 다음 기회를 기다리자. 믿는 자의 소망하는 상상과 생각
은 현실로 연결해 준다.

나는 젊을 때부터 행복한 가정을 꿈꿨다. 부부와 자녀, 조부모
간에 서로 다정한 관계이면 행복의 반 이상은 이뤘다고 생각했다.
성실한 사랑과 따뜻함을 넣어주는 울타리 안에서 자녀들이 꿈을
가지고 자란다. 그들이 성숙할 때까지 지탱해 주는 것이 부모와 어
른들의 손길이며 사랑이다.

그 희망대로 남편은 반듯한 직장인으로서 아이들의 교육에 같
이 동조하였다. 시어머니는 연약하셨지만 직장생활 하는 우리 곁에
서 아이들을 보살펴 주셨다. 거기에는 신앙이 필요했다. 때로는 생
활이 나를 울려도 생각하고 고개 숙여 털어놓는 마음의 기둥이 필
요했다. 나의 설익은 감정과 흥분으로 자주 주위를 힘들게도 했다.
교회에서 쉼을 얻고 나의 죄를 목욕하여 씻어내고 새롭게 생활하
는 것. 이것이 제일 큰 인생길의 행보였다. 신은 우리의 방황과 흔
들림을 멈추게 하였고, 새 희망의 디딤돌을 만들어 주셨다.

지나간 수많은 고난은 나를 단련해준 사랑의 선물이었다. 첫아
이를 키우면서 자녀의 사랑은 모든 어려움을 극복해주는 힘이 되
었다. 더불어 사랑하는 형제자매의 독립과 성장은 또 다른 기쁨이
었다. 이제 아이들도 장성해서 우리의 품을 떠나 곁에서 서로 지켜
보는 아름다운 관계로 평안을 얻었다.

이제는 나의 소망의 항구에서 뒤로 밀린 희망을 배의 제일 앞에 싣고 닻을 올리고 출발한다. 도서관으로 가서 초인들의 사상을 교류하고 카페로 가서 글을 쓰자. 한 번뿐인 우리 귀한 인생을 책으로 옮겨 공유하자. 어려운 시련의 지혜를 추억하며 나누자. 지나간 세월의 아름다움과 슬픔을 잊지는 말되 많이 용서하고 사랑으로 그릇을 채우자. 소중한 내 가슴에 부담을 주지 말자. 청량한 산소를 넣어주고 바람직한 철학을 담아두자. 새롭게 인문학으로 돌아가서 확인하고 새겨보자.

야간 근무를 끝내고 아침에 퇴근한 날이었다. 한숨 자고 일어나니 금세 오후가 지나갔다. 남편이 퇴근할 시간이 되었으나 소식이 없었다. 알고 보니 어제도 집에 안 들어왔다고 한다. 시어머니는 나한테 면목이 없으신지 아무 말씀이 없으셨다. 남편 친구 집에 연락했다. 그 부인이 자기 남편도 안 들어 왔다고 했다. 그때야 안도의 한숨이 나왔다. 남편은 평소 놀기를 좋아하고 푹 빠지는 습관이 있다. 그래서 그 친구 집에 찾아갔더니 오락에 빠진 남편이 왔다. 그때는 어처구니가 없었지만 살아있는 것이 고마워서 그대로 두었다.

며칠 후 밖에서 저녁식사를 같이했다. 그때까지 정신을 못 차린 그이는 나도 같이하자고 한다. 집에 기다리는 어린아이들 생각과 어처구니가 없는 남편 생각에 마음이 심란했다. 결국 끌다시피 하여 집으로 오는 길이었다. 속에서 열불이 난 상태로 집 앞의 놀이터에 도착했다. 가다가 아무도 없는 놀이터 모랫바닥에서 하늘을 보며 소리 질렀다. "나쁜 사람!"이라고. 갑작스러운 동작에 머쓱해지며 입을 쑥 내밀고 집으로 갔다. 그리고 내가 또 결정적인 안타를 쳐버렸구나 하는 씁쓸한 생각을 했다.

그러면서 두 사람 다 자기 자리로 들어서서 또 나의 여행길을 준비하여 나간다. 이 세상에 나만 위해주고 생각하는 사람을 만나는 것은 거의 불가능한 현실이라고 생각한다. 그래서 관점과 생각을 낮춰 남편의 좋은 점을 찾아보기 시작했다.

첫째, 성실하게 직장생활을 꾸준히 하고 있다는 것
둘째, 건강하고 노력하고 폭력적이지는 않다는 것
셋째, 사회생활을 하면서 멋진 여자들이 많아도 항상 가정을
　　　지키는 것
넷째, 50대 넘어서 신앙생활에 동참한 것

찾아보니까 이 외에도 좋은 점이 있었다. 그리하여 나는 험난한 물길을 헤쳐 오면서 풍랑과 파도를 만나기도 했다. 그것은 색다른 경험과 추억으로 내려지고 진정 소중한 것은 나의 외롭지 않은 낡음과 남편의 도움을 받아서 인생의 목표를 이뤄내는 것이다.

남편이 유난히 집에 잘 안 들어오고 내 속을 끓이던 때가 있었

다. 하루는 일을 마치고 퇴근했더니 남편이 그날따라 빨리 집에 들어와서 친구들을 초대했다고 했다. 나한테는 말도 없었다. 그래서 그때부터 싸우면서 음식을 준비했다. 날마다 가정을 등한시하며 친구들과 어울려 놀러 다니는 남편이 미웠다. 그날은 남편이 수당을 받았다며 나에게 그것을 전부 털어주었다. 두 아이를 위한 저축과 학원비를 빼면 거의 재정이 바닥이었다. 그때는 신용카드도 없었고 오직 현금이 있어야 움직일 수 있었다.

나는 그 봉투를 들고 싸우다가 큰 싸움이 되겠다고 생각하고 부랴부랴 고속버스를 타고 김천 직지사로 향했다. 도착하는 즉시 터미널 여관으로 들어가서 한 주간 밀린 잠을 청했다. 다음 날 아침 10시까지 푹 자고 일어났더니 가까운 주위 산에서 내려오는 청

량한 공기에 정신이 맑아졌다.

직지사는 아름다웠다. 태고의 천연 바람과 길가의 더덕과 고사리를 파는 아주머니들도 정겨웠다. 더덕을 직접 키웠다고 해서 남편의 얼굴을 떠올리며 스티로폼에 포장된 것 하나를 골랐다. 시어머니 지팡이도 예쁘게 생긴 것으로 샀다. 산나물 비빔밥으로 늦은 점심을 맛있게 먹고 서울로 올라가는 고속버스를 탔다. 날씨는 화창했고 사람들은 평화로워 보였다. 순간의 일탈로 얻은 보약 같은 잠과 직지사의 산바람을 가슴 깊이 들이마시며 집으로 돌아왔다.

남편은 두 아이를 돌보며 조용히 집에 있었다. 오후가 돼서 집에 도착한 나는 고개를 숙이며 "진심으로 미안하고 다음부터 이런 일은 없을 것"이라고 빌었다. 아이들과 시어머니가 계시는 내 집이 정말 좋았다. 나는 나의 길이 좋고 더불어 감사하며 잘 살아간다. 이 세상의 모든 가정이 행복하기를 기도한다.

그렇게 누군가는
괴물이 된다

나는 화성직업훈련교도소에서 여사 팀장으로 근무하게 되었다. 날씨는 한없이 맑았고 예쁜 꽃들이 만발해 있었다. 그러나 날씨와 달리 사무실 분위기는 좋지 않았다. 직원들은 사무실에 처음 출근한 나에게 여사의 애로 사항을 말했다. 또한 오랫동안 계속되는 부족한 여직원들의 자리를 어떻게 채우냐며 진지하게 신경을 쓰고 있었다. 여직원들이 출산 휴가 등으로 빈자리가 생겨도 인원이 채워지지 않았던 것이다. 그 자리를 메워야 하는 현실이 멀고 험한 길이었다. 그때도 빈자리가 하나 있었는데 곧 상층 담당이 휴가 신청을 한다는 이야기가 나왔다. 그러면서 보안과에서 밀어주지 않으면 대신 뛰라고 했다. 나는 "그게 무슨 말이냐? 내가 할 일도 많은데!"라고 나도 모르게 참을성 없이 소리쳤다. 그날 회의는 후유증을 남기며 그렇게 끝났다.

어느 곳에서나 여자 수용자가 있는 곳은 여직원들이 근무한다. 교정직에서도 출산이나 병가 때의 공석은 대체 근무자가 없었다. 그 빈 공간을 채울 수 있는 제도가 시급했다. 게다가 수용자의 병원 진료와 출정 등으로 외부로 나가는 일이 끊이지 않는다. 소내에서도 연출 계호가 붙어야 한다. 서울 지역에도 마찬가지이다. 출산을 장려하고 필요한 시기이다. 여직원들의 출산을 돕기 위해 그 자리를 적정선까지 보충해주는 점이 절실했다.

나는 새롭게 화성직업훈련교도소에 근무하면서 직원 휴게실이나 편의 시설, 야간 침실 등이 쾌적하면 좋겠다고 생각했다. 물론 당연히 해야 될 일을 하면서 생색을 낸다고 할 수도 있다. 처음 만날 때 좋은 모습을 보여주진 못했지만 최대한 활발한 모습으로 노력하며 근무했다. 직원은 부족하나 젊은 여직원들의 활발한 모습이 좋았다. 그야말로 내 자리를 비워놓고 그 여직원의 말대로 병원 연출도 맡아주고 도울 일은 도우려 노력했다. 그렇게 일 년이 지났다.

어느 날 인사이동이 있은 지 한 달이 지났다. 보안과장이 바뀌었다. 일 년 동안 겨우 적응했는데 많은 것이 달라졌다. 그날은 검방하는 날이었다. 인원이 부족한 편이라 한 달에 한 번씩 아침 7시 30분까지 출근하여 직원식당에서 식사 후 한 시간 동안 검방하고 근무를 한다. 전국적으로 실시하는데 직원들이 수시로 검방인원이 되면 두 달에 한 번씩 시행하기도 했다. 그 과정에서 새 과장의 파격적인 모습에 고민하고 명퇴를 신청하는 사람이 많았다.

나는 서울에 와서 근무한 지가 30년이 훌쩍 지났지만 아직도 시골스러웠다. 고향에서 온 동네 사람들이 친척이었듯이 수용자지만 내 형제처럼 대하고 잘되기를 기도했다. 당연히 직원들도 마찬가지였다. 좋은 일은 내 일처럼 기쁘고 행복했다. 그렇지만 내 인생에 큰 배움이라고 생각했다. 하루하루 무난히 지나간 일상에 감사했다. 모든 것이 내 부족이었고 젊고 유능한 후배가 후임으로 근무하며 지내는 모습이 예뻤다.

수용자도 문제지만 교정 공무원으로 선하게 수용자들을 인도하기에도 하루가 바쁘다. 나는 2년 동안 화성에서 교도관이 되어 처음으로 세상을 배운 듯하다. 그 기간을 지내면서 10년 근무한 것처럼 많은 생각을 했다. 교도관이라는 직업에 자부심을 가지고 애써 사랑하고 자부심을 가지려 노력했다.

그 와중에도 출입구나 곳곳이 틈만 나면 휴게실 하나라도 꾸며, 짧은 휴식시간이라도 쉴 수 있는 공간을 만들려고 힘썼다. 간절히 고대하여 간 화성 근무 여사로서의 2년은 나의 마음을 크게 했다. 그리고 남직원 선교회 회장은 항상 조찬 기도회를 주최하였다. 젊은 청년이 존경스러웠다. 아침 8시에 만나서 사랑하는 여사를 위해서 기도했고 몸 바쳐 충성을 했다. 부족한 내가 이만큼 노력한 것으로 감사하다고 생각하고 미련 없이 돌아왔다. 덕분에 작가가 되었다. 그곳에서 성동의 36년이 얼마나 고마웠는지를 새삼스럽게 느

껐다. 다시 한번 사랑하는 모든 분들께 감사한다.

　어느 해 늦가을이었다. 연락도 없이 갑자기 아버지가 오셨다. 좋은 체구와 얼굴이 말라서 연약한 노인이 되셨다. 사느라 잊고 지냈던 나의 불효와 미안함에 가슴이 쓰렸다. 아버지는 들판에서 농사일을 하던 중 쓰러지셨다고 했다. 가까운 의원에서 진찰을 받았는데 큰 병원에 가보라고 했다는 것이다. 그래서 영동 세브란스 병원에 가서 진료해본 결과 위암 3기였다. 서둘러 입원하고 수술을 잘 마쳤다. 아버지는 그 뒤로도 방사선 치료를 위해 한 달에 한 번씩 올라오셨다.
　말씀이 거의 없고 내색하지 않는 분이 방사선 치료는 정말 고역

스럽다고 혼잣말을 하곤 하셨다. 거의 일 년 동안 치료한 결과, 완치 판정을 받고 시골로 다시 가셨다. 그때 아버지는 농사일로 가득 찬 집으로 돌아가기가 괴로워서 우리 집에서 손자를 돌보고 있는 시어머니가 그렇게 부러웠다고 하셨다. 시어머니도 아기 키우느라 힘드셨지만 아버지는 아들을 잘 키워 노년이 행복해 보인다고 하셨다. 결국 아버지는 시골에서 위암이 재발하여 그 이듬해 돌아가셨다.

어느 날, 퇴근하고 집에 왔는데 한 통의 전화가 왔다. 아버지가 돌아가셨다고 했다. 나는 고속버스를 타러 터미널로 향하는 길에 남편에게 소식을 알리고 먼저 친정으로 향했다. 친정집에 도착하고 1시간 후에 남편이 왔다. 동네 친척들과 장례를 치르면서 남편이 있어서 다행이라는 마음이 들었다.

아버지는 유교인 향교의 진사 벼슬직함을 갖고 계셨다. 오직 그쪽 일만 골몰하셨고 믿음이 없었다. 세브란스 병원에 계실 때 아버지의 의향을 묻고 확인한 후에, 교회 목사님께 부탁드렸다. 분당에서 목사님께서 직접 오셔서 영혼 구원의 문답을 하셨다. 사후세계에 아버지는 "예수님을 따라간다."라고 선포하라고 당부하셨다. 그리고 세례를 주셨다.

평소에 잘해드리지 못하고, 바쁜 시골에 다시 보내서 돌아가시게 된 아버지가 마음 아프고 슬펐다. 홀로 남은 어머니도 더 살뜰하게 챙겨야겠다고 생각했다. 아버지의 장례식에서 챙겨주고 위로해 주는 남편이 있다는 것은 든든한 일이라고 느꼈다. 아버지도 농사일만 하시느라 편히 살아보지 못하고 관에 누워 계신 모습이 눈물 났다.

평소에 효도 한번 제대로 못했으나, 누워 계신 깨끗하고 환한 모습에 마음이 안정되었다. 그리고 천국에 계실 생각을 하니 마음이 기뻤다. 원래 동네에서 아버지는 법 없이 살 수 있는 훌륭한 분이라고 말했다. 살아있는 동안 귀한 시간을 황금이라 생각하고 열심히 잘 사용하면서 사랑하는 사람들을 위해 많은 기도를 해야 한다고 결심했다. 돈도 많이 벌어서 좋은 일에 많이 쓰고 나도 잘 살고 싶었다. 내가 좀 더 잘 살았으면 아버지를 시골에 보내지 않아도 되었을 것을 생각하니 가슴 아팠다.

그 일을 계기로 수용자들의 영혼에 대해서 깊이 사랑하고 잘되길 바랐다. 상담하면서 '고난이 축복의 씨앗'이니 다시 한번 새롭게 살라고 말했다. 이 험한 인생의 낭떠러지에서 내려주신 동아줄을 잡고 힘들게 회복하라고 했다. 그리고 아버지처럼 뜨거운 볕에서 일하지 않고 안전한 생활을 할 수 있는 수용자들에게 많이 감사하라고 말하며 기도했다.

퇴직한 후에도 나는 대한민국의 봉급을 받고 살아가는 사람이다. 나라와 수용자와 모든 국민들을 위하여 기도하고, 사랑하는 것이 임무이며 행복한 마음으로 살아갈 것이다.

너희 중에 죄 없는 자가
먼저 돌로 쳐라

의인은 없다, 하나도 없나니.
로마서 3:10

"너희 중에 죄 없는 자가 먼저 돌로 쳐라." 예수님의 말씀이다. 여인을 끌고 온 사람들은 조용히 사라졌다. 맨 나중에 남은 여인에게 예수님은 "나도 너를 정죄하지 않으리니 돌아가서 다시 죄짓지 말라."라고 하셨다. 나도 죄인의 한 사람으로서 하나님의 은혜에 감사하면서 회복하고 다시 나의 월동 준비를 한다. 겉옷은 물론, 마음의 양식인 성경과 용서와 화해의 마음을 담고 때가 지나기 전에 인생의 겨울을 준비하고 있다.

내가 다니는 교회의 목사님은 매년 11월 마지막 주일마다 '겨울이 오기 전에'라는 말씀 제목으로 월동 준비를 하신다. 누구든지 인생의 겨울이 있다. 나는 지금은 어디에 해당할까? 김장도 준비하고, 지난 일도 생각해보고 한 해 동안 한 일도 생각해본다.

바울 사도는 차가운 로마교도소에서 순교를 앞두고 사랑하는 제자 디모데에게 마가를 데려오라 했다. 선교 여행에서 싸우고 화해를 못했으니 용서와 화해를 하고자 한 것이다. 그리고 드로아에 있는 집에 두고 온 가죽 옷과 가죽 종이에 쓴 성경을 가지고 오라고 했다. 양피지에 쓴 성경은 부피와 무게로 인해 들고 다니지 못했으나 겨울의 교도소는 하나님의 말씀과 양식이 제일 많이 필요한 곳이다.

목사님의 설교는 미국 한인 교회에서 시작된 말씀으로, 매년 겨울에 한 것이 19년이 되었다. 올해도 할 수 있어서 감사하다. 이 겨울에 온 성도와 같이 이웃과 나눌 준비를 했다. 특히 올해는 암 수술까지 마치고 하는 말씀이다. 많은 감회를 가지고 우리 성도들에게 인생의 겨울을 준비하라고 하신다.

교도소에서 마음의 겨울을 맞은 수용자에게 용서와 화해의 가정을 희망하게 하고 싶다. 그들에게 겨울을 지날 수 있는 도움과 사랑이 필요한 시간이다. 사회, 경제가 불안해지면서 교도소에 접견 오는 부모 형제들의 손에도 선물이 줄어든다. 이 겨울만큼은 서로 화해하고 용서하면서 나눔을 가져야 할 시점이다. 이 겨울이 지나기 전에 돕고 사랑하자. 우리 잠실교회는 적극적인 나눔과 사랑의 실천이 이루어진다. 퇴직했지만 영원히 소중한 나의 직분 교도관으로서 그들의 가족들을 적극적으로 지원하는 사랑의 나눔이 진정으로 좋다. 이 따뜻한 사랑의 손길이 전국 각지에서 일어나 겨울을 이겨내고 새봄을 맞길 바란다.

먼저 손을 내밀어 잡는 곳에 하나님의 새 역사가 창조된다. 가정 외에 가깝게 교회가 있다는 행복을 가진다. 어제도 답답한 마음으로 열림의 십자가를 보고 있었다. 영혼의 울림으로 새 힘과 응원을 얻었다. 호흡하는 숨결의 시간을 사랑하고 따뜻한 마음으로 동참하고 사랑하고픈 생명이 되어 집으로 돌아왔다.

세상을 향하여 순교로 헌신하는 사람들이 있는데 믿음이 행동으로 나와야 한다. 돈이 필요하고 많이 벌어야 함은 선교와 사랑의 후원자가 되고 싶은 것이 아닐까? 나도 벤츠도 타고 유람선 여행도 다니면서 기쁨과 행복을 누리고 싶고 그렇게 실천할 것이다.

그 이전에 나도 월동 준비를 한다. 제일 먼저 복음서를 쓴 마가처럼, 바울 사도에게 직접 서신을 받고 여행 준비하는 디모데처럼 준비를 하려는 마음이다. 나는 태어나서 두 번째 인생의 도전을 한다. 시작이 반이라 했다. 이제 반 이상을 지났으니 인생의 제2막을 준비한다. 이제 승리할 날만 남았다. 이제 천국에 도달할 때까지 선한 싸움과 도전을 할 것이다.

늦가을이 되자 온천지에 낙엽이 깔렸다. 어른도 아이도 학생도 모든 사람이 단풍과 낙엽을 밟고 걷는다. 흰 눈 위의 미끄러운 세상보다 더 포근하고 운치 있는 가을 풍경이다. 손녀를 태운 유모차를 밀고 어린이집으로 가면서 계속 아이와 단풍 얘기를 했다. 흐릿한 날씨지만 낙엽 색깔로 아름답다. 드디어 도착했다. 담임 선생님이 일주일 휴가를 다녀와서 오랜만이다. 그분이 웃으며 손녀의 이름을 불렀다.

"서연아."

손녀는 뒤도 안 돌아보고 선생님께 뛰어갔다. 아이도 혼났거나 싫을 때는 문 앞에 와서 운다. 그래도 일 년 동안 담임을 맡아 함께 지내서 그런지 정이 든 모양이다. 손녀를 맡기고 낙엽을 천천히 밟으며 집으로 돌아오면서 교도관으로 살아온 삶의 기적적인 순간을 그려본다.

분당에 살 때의 일이다. 벚꽃이 흩날리는 봄날이었다. 주일에 구청 앞에서 버스를 기다리고 있었다. 주일은 차가 자주 안 온다. 나는 감색 정장에 흰색과 옥색이 섞인 머플러를 목에 두르고 꽃잎이 비처럼 바람에 날리는 벚나무 아래 서서 차를 기다리고 있었다. 그때였다. 봉고차가 내 앞에 섰다.

운전석에 앉은 중년 남자가 자신은 직진으로 가는 중이니 고개 넘어서 내려주겠다며 타라고 했다. 나는 머뭇거리다가 차가 워낙 안 오기도 했고, 인상도 괜찮아 보이기에 봉고차에 올랐다. 차 문이 철컥 잠기는 소리가 났다. 순간 섬뜩한 생각이 들었지만 아무렇지도 않은 척했다. 그는 내가 들고 있는 카세트테이프를 보더니 씽

굿 웃으며 무슨 테이프냐고 물었다.

"아! 우리 직장에서 월요일에 수용자 계호에 관한 시험을 볼 예정이라 공부 중이에요."

"직장이 어딘데요?"

"성동구치소예요."

남자는 "그렇게 안 보이는데 무서운 데 근무하네요."라며 놀란 표정으로 말했다. "어머, 안 그래요. 좋은 사람도 많아요. 우리 가족으로 생각해요." 했더니 조금 더 가다 세운다. 아직 언덕은 한참 남아 있었는데 여기서 내리라면서 문을 열어주었다. 잘 가라는 인사를 하며 내려서 차를 보니 쏜살같이 달아났다. 봉고차를 보면서 참았던 한숨을 내쉬었다. 그제야 오고 있는 버스를 타고 직장이 교도

소인 것을 감사했다. 하나님이 주신 직분이다. 교도소에만 모든 죄인이 모여 있는 것이 아니었다. 양의 탈을 쓴 염소 같은 사람들도 있다.

"너희 중에 죄 없는 자가 먼저 돌로 쳐라."
모였던 사람들은 하나둘 다 사라졌다.

행복하게 살고 싶어서
오늘을 불행하게 보낸다면

젊었을 때 배움을 게을리한 자는 과거를 상실하며 미래도 없다.
에우리피데스

J 여인은 미모와 재력으로 유명한 희대의 사기꾼으로 교도소를 여러 번 다녀갔다. 그녀는 죄의 족쇄에서 풀려나지 못했다. 점점 더 나락으로 빠져드는 것이 '전과'라는 아픈 별이다.

인생이라는 여행길에서 때로는 진로를 잘못 택할 수도 있다. 한 번의 실수는 선한 일과 겸손한 모습으로 돌이켜야 한다. 교도관은 수용자의 소망 있는 삶을 희망한다.

수용자들이 피해를 준 사람들과 나라에 반성하고 회개하며, 실망과 마음의 병을 준 가족에게 새롭게 헌신하기를 바란다. 아울러 생활로 되돌아가 선한 노력으로 건전한 국민으로 복귀한다면 더 바랄 것이 없겠다. 이러한 기대와 희망을 품고 바라보면 수용자에게 가족 같은 마음이 생긴다. 요즘은 인구가 많이 감소해 정책적으로 다문화 가정 육성과 화합에 공을 들이는 현실이다. 노력하고 애쓴 보람으로 많은 편견과 이질감이 엷어지고 자연스러운 분위기로 진행한다.

결국 그 사람이 돌이켜 자신의 죄를 반성하고 손해를 끼친 나라에 새롭게 사랑하고 이웃과 화합한다. 교도소의 수만 명 수용자들의 새 생활의 활로를 열어주어 국민의 의무를 다하게 하자. 그들은 사회의 시선이 제일 무섭다. 내가 화성 직업훈련교도소에 가서 근무를 해보고 느낀 점이 있다. 수용자는 우리 국민이고 그들에게도 나라를 사랑하는 애국심이 있다. 대한민국 사람들은 우수한 자질과 근면, 그리고 인정이 있다. 교도소에 근무하면서 38년 동안 끊이지 않는 관심과 사랑으로 보았다. 대부분 많은 사람이 가능성이 있다고 느꼈다.

한 번 실패했지만 기회를 주고 새롭게 변할 기회를 주자. 여러 번의 실패는 기회가 점점 희박해진다. 죄의 삯은 사망으로 이어진다. 죄의 무섭고 추악한 민낯을 철저히 양심과 예의 등으로 무장하여 물리쳐야 한다.

나는 이제 퇴직하여 작가가 되었지만 하루의 대부분은 사랑하는 손녀를 키우는 데 집중한다. 18개월 된 아기가 품에서 떨어지지를 않는다. 잠이 든 것 같아 살짝 재주를 부려서 침대에 눕히면 어느새 깨서 고개를 흔들고 코를 비빈다. 얼른 안고 있는 듯이 베개를 곁에다 둔다. 제발 한 시간만이라도 깨지 않고 자 주길 바라며 아픈 어깨와 팔을 스트레칭한다.

몇 년 만에 아가 울음소리가 울리니 새 기운이 집 안에 찬다. 내가 부지런히 노력하고 오늘을 잘 보내야 이어진 내일이 순조롭게 아기처럼 나의 품으로 안겨올 것 같다. 남편과 둘이 있던 집에 손녀와 딸 그리고 사위까지 생활하니 힘은 들지만 사람이 사는 것 같았다. 오랜만에 듣는 아기의 울음소리가 좋았다. 이런 잔잔한 행복이 말할 수 없이 기뻤다.

이 세상에 불행하려고 태어나는 사람도 있을까? 갓난아기들도 본능적으로 두려울 때는 울음으로 대신한다. 요즘 아기들도 예전 같지 않고 자기의 고집을 주장한다. 태어나서 병원에서 곧장 나에게로 온 손녀를 안고 얘기했다.

"아가, 울지 마라. 훌륭하게 잘 자라서 나라의 일꾼이 되어라."

그 아이가 어린이집에 입학했다. 다른 친구들의 빠른 말소리에 스트레스를 받는지 안색이 안 좋았다. 하루는 어린이집에서 돌아오는 길에 손녀가 떼를 썼다. 움직이지 않고 도로 바닥에 앉으려 하고 울었다. 나는 모퉁이에 숨어서 어쩌나 지켜보았다. 손녀는 할머니가 눈에 띄지 않으니 기겁을 하면서 달려왔다. 순식간에 내가 서 있는 계단을 스쳐 지나 달려갔다. 나도 놀라서 "아가! 할머니 여기 있어. 어디 가?" 하고 부르니 얼른 달려와서 내 품에 안겼다. 둘이서 사이좋게 손가락 걸고 훌륭하게 자라기로 약속했다.

이처럼 이제 세 살 된 아기도 자기 몸의 소중함과 두려움을 안다. 어른들은 아이들을 인도하며 더불어 살아가야 한다.

나는 인생의 황금기인 50대에 아파서 입원을 하게 되면서 정신이 번쩍 들었다. 그동안 건강도 좋아졌다. 다시 황금기가 오고 있는 것 같은 기쁨과 설렘이 있다. 그 이후에도 다치고 넘어지고 깨지는 험한 일도 있었으나, 그 첫 수술은 나의 정신을 차리게 해주는 좋은 약이었고 교훈이 되었다.

아이들이 대학에 진학하면서 집을 떠나자 나는 외롭고 몸까지 아팠다. 바쁘다는 이유로 산부인과 한번을 제대로 방문하지 않았다. 그날도 근무를 마치고 집에 왔는데 이상하게 누우면 땅이 푹 꺼지는 듯한 증상이 계속되었다. 어느 날 화장실에서 볼일을 봤는데 갑자기 허리 쪽이 시큰했다. 변기통을 보니 피가 그득하게 쏟아져 있었다. 큰일 났다 생각하며 병원으로 갔다. 의사는 이렇게 될 때까지 왜 병원에 오지 않았냐면서 자궁근종이 너무 커 수술밖에는 방법이 없다고 했다.

곧바로 수술 날짜를 잡았다. 그때 진찰 결과를 확인하고 하나님께 감사했다. 친정아버지께서 위암으로 고생하다가 돌아가신 것이 생각났다. 걱정을 하고 왔는데 암은 아니어서 감사했다. 이 수술 후에는 내 몸에 잘하겠다고 결심했다. 수술과 치료를 마치고 직장에 복귀하였다.

그 이후에는 예전보다 병원에 자주 다니고 양양제도 챙겨 먹었다. '내가 없으면 공부만 하던 내 아이들은?'이라는 생각이 제일 먼저 나를 일으켰다. 내 몸이라고 함부로 하여 내가 죽었다고 가정을 해보았다. 내 자녀에게 비빌 언덕을 만들어 주지 못할까 봐 두려웠다. 이상하게 그 당시에 아이들을 다른 사람에게 맡긴다는 생각은 일절 하지 않았다. 오직 내 역할은 해야 하고 부자가 되어 편안하게 서로 의지하고 싶었다.

주말이 되면 아이를 딸 부부가 맡는다. 나는 자가용을 가지고 내 손길을 기다리는 양지의 작은 농장으로 향한다. 혼자서 운전하며 고속도로 휴게소에서 모닝커피 한 잔을 마시고 있으면 엄청난 희열을 느낀다.

집으로 오는 길에 눈부신 햇살에 내 인생을 찾는다. 노을처럼 황홀하게 드려지는 나의 노후를 상상하고 바라보았다. 놓치면 한 시간도 되돌아오지 않는 소중한 인생을 불행하거나 섭섭하게 말자. 오늘 하루에 평생 잔치를 할 것처럼 축복을 빌며 품고 새겨가자. 삶은 자체가 아름답다. 이 삶을 살아가기 위해서 흘리는 눈물도 함부로 버리지 말자. 씨앗을 싹트게 하는 촉매제로 사용하자. 오늘 일을 내일로 미루지 말자. 오늘 하루에 힘과 사랑을 최대한 실어 미래로 띄워 보자. 충실한 열매를 가득 싣고 오는 내일의 향연에 화답하자.

어느 날 갑자기 가던 길이 막혀 눈앞이 캄캄해질 때가 있다. 그럴 때는 무작정 나아가기보다 지나온 길을 되돌아보며 지혜를 탐구해 보는 것이 좋다. 스스로 삶을 이끌어 가는 강한 사람이 되고 싶다면 나의 휴대전화 010.9172.1343으로 연락해 보자. 축복의 징조와 행운의 열쇠를 거머쥐는 법과 긍정 에너지를 온전하게 끌어들이는 방법을 알려줄 수 있다. 흐르는 강물에 사랑하는 오늘을 흘려보내지 말고, 선한 방향으로 오늘을 한 걸음씩 걸어가자.

PART 02

지금 괜찮다
말할 수 있는
사람이 얼마나
있을까

세상에 나쁜 사람이
어디 있을까

악한 말을 듣더라도 금방 미워하지 말라. 고자질하는 자의 분풀이가 두렵다.
선한 말을 듣더라도 금방 사귀지 말라. 간사한 사람의 출세를 이끌어 줄까 두렵다.
《채근담》 중에서

이 세상에 교도소가 없었으면 어땠을까? 범죄자들이 일반 국민 사이에 섞여 많은 위험의 불씨로 전전긍긍한 큰 사고가 잦을 것이다. 이러한 사람들을 교정공무원들은 제한된 공간에서 밤을 지새워 수용하고 보호 관찰한다. 교도관들은 애국심을 가지고 있으며, 건강하고 성실하다. 또한 수용자들을 따뜻한 마음으로 바라보고, 그들은 물론 나라와 국민을 위하고 사랑한다.

어느 날, 운동장 작업을 위해 잔디에 앉아 대기하던 중이었다. 정신 연령이 낮은 여자 수용자가 운동장에 심어놓은 대추나무 위로 올라갔다. 교도관이 내려오라고 하자 토끼처럼 폴짝 뛰어 내렸다. 다행히 다치지 않았다. 사고 없이 교육하고 주의사항을 주고 끝났다.

각기 개성이 남다른 수용자들을 주시하고 특이행동을 관찰하면서 운동을 시킨다. 이 시설 안에서도 여러 가지 위험한 상황은 곳곳에서 일어난다. 직원들이 교육하고, 또 젊고 씩씩한 CRPT가 와서 기본적인 교육을 수시로 한다. 그 일로 수용자는 조사하여 징벌을 받거나 가석방이나 직업훈련 등을 제한받는다.

그러나 꼭 그런 사람만 있지는 않다. 상당히 지적이고 본받을 만한 수용자도 많이 있다. 성동구치소에 사기죄로 들어온 40대의 J 수용자가 있었다. 그녀는 사기로 5년 형을 선고받고 생활하였다. 이제 1년 가까이 남은 상태였다. 그녀에게는 2녀 1남의 자녀가 있었는데, 접견 때마다 특이한 점이 있었다. 남편이 두 딸만 데리고 와서 접견실에는 딸들만 들여보내고 문 앞에 서서 기다리는 것이었다. 그녀는 남편이 아직 자기 잘못을 용서하지 못해서 그런다며 눈물을 훔쳤다. 그래도 남편이 오긴 온다는 자부심이 엿보였다. 어디에서나 가족은 힘이 된다. 가족이 자신의 뒤에 있다는 사실은 자신의 생활을 하는 데 큰 힘이 된다.

어느 날 미국에서 그녀에게 편지가 왔다. 그녀의 친정어머니는 오빠와 같이 미국으로 이민을 간 상태였다. 어머니는 딸에게 매달 눈물의 편지와 용돈을 보냈다. 그녀는 어머니의 편지를 보고 자신의 불효를 생각하며 한없이 울었다. "또 울었어요? 힘내세요." 내가 말했다. 그녀는 아니라고 얼른 고개를 흔들며 웃고 일을 했다.

며칠 후 그녀가 나에게 와서 교회 예배에 참석하게 해달라고 말했다. 평소 종교에 대해 내색하지 않던 사람이라 무슨 일이냐고 묻자 어머니를 위해 기도하고 싶다고 했다. 못난 딸을 위해 항상 기도해 주시고 용돈을 챙겨 보내 주시는 어머니께 감사한 마음을 표현하고 싶다는 것이었다. 나는 잘 생각했다며 다음 수요일 예배 때부터 참석하라고 했다.

그 후 한 달이 지났다. J는 작업을 성실하게 하면서 틈틈이 접견이 없고 가족과 연락이 안 되는 수용자들의 항소이유서와 탄원서 등을 대필해 주었다. 그 덕분에 몇 명이 형을 줄이기도 하고 때로는 출소도 하였다. J는 그 사람들을 위해 눈물을 흘리고 기도해 주었다. 그래서인지 수용자들 간의 분위기가 평온하고 훈훈하며 싸움도 줄었다.

모범생활을 하며 구치소를 따뜻하게 만든 J가 모범가석방을 바라게 되었다. 물론 행형성적도 좋았다. 드디어 그해 크리스마스이브에 집으로 돌아가게 되었다. 그녀는 집에 가면서 하나님이 교만한 자기를 이곳에 이끄셨다며 고마워했다. 출소 전 마지막으로 드린 예배에서 그녀는 앞으로도 열심히 교회에 다니겠다고 했다. 그 후 소식을 듣지는 못했지만 평안하리라 믿고 감사했다.

한 사람의 기도와 정성이 얼마나 대단하고 주위에 영향을 주는지 알게 된 뜻 깊은 경험이었다. 눈에 보이지 않지만 기도의 위대함을 알 수 있었다. 나는 말주변도 없고 큰 믿음이 없었지만 새로운 믿음 생활에의 도전이 되었다. 인간 생활의 최전선에 근무하면서 내가 견뎌내지 못하고 감당하지 못할 때는 항상 기도한다. 안전하게 모든 사람이 평화롭게 지내기를 간절히 구했다. 오랜 시간을 보내면서 수용자도, 새로 오는 직원들도 어렵지만, 이곳에서 같이 돕고 행복한 정착을 바랐다.

두 친구가 사막을 걸어가던 중 다투게 되었다. 한 사람이 다른 사람의 뺨을 때렸다. 맞은 이는 모래에 그 사실을 적었다. 계속 걷다가 오아시스를 만났다. 뺨을 맞은 사람이 급하게 뛰어가다가 늪에 빠지게 되었다. 그러자 때린 사람이 달려와서 그를 구해 주었다. 늪에서 빠져 나온 사람은 이번에는 돌에 그 사실을 적었다. 그것을 본 친구는 아까는 모래에 적더니 이번에는 왜 돌에 쓰냐고 물었다. 그는 대답했다.

"좋지 않은 일은 모래에 적어야 해. 용서의 바람이 그것을 지워 버릴 수 있도록. 반면에 좋은 일은 돌에 기록해서 영원히 지워지지 않도록 하는 거야."

요즘 사람들은 반대로 생각하는 경향이 있다. 이해하고 너그러운 축복으로 격려해야 한다. 누구에게나 인생의 겨울은 온다. 그 겨울을 대비하여 사랑과 은혜를 베풀고 살아야 한다. 이 세상에 나쁜 사람은 없다. 좋은 환경과 신념으로 나아가면 희망은 있다. 믿고 조금씩 선한 길로 사랑스럽게 같이 가고 싶다.

싫어하는 것들이
점점 늘어간다는 것

괴로움과 즐거움을 모두 겪은 뒤에 얻은 행복이라야 오래가고,
의문과 믿음을 고루 겪은 뒤에 얻은 지식이라야 비로소 참된 지식이 된다.
《채근담》 중에서

어느 날 남편이 나에게 물었다.

"당신 일근 안 해?"

"우리는 일근 자리가 거의 없어요."

우리 직장은 야근 위주의 근무였다. 시어머니 연세가 70대 후
반이 되니 점점 몸이 약해지셔서 남편은 내가 일근을 하길 원했다.
그때 마침 직원식당 물품구입 자리가 비게 되었다. 그 일은 원래 남
자 직원이 했었는데, 여사에서 팀장이 나를 추천했다. 나는 마음속
으로 간절히 식당 근무를 원하였다. 다른 사람들은 고개를 흔드는
데 할 수 있는 자리가 그곳뿐이었다. 사양도 하지 않고 덥석 그 자
리에서 맡았다.

어느 날 좀 늦게 점심을 먹으러 갔더니 남은 밥이 없어서 못 준

다고 했다. 식당 안에는 제일 선임자 선배가 식사를 마무리하고 있었다. 나는 배가 고파서 무심코 "저분은 주고 나는 안 줘요?"라고 했다. 하지만 결국 밥은 먹지 못했다. 저녁 시간이 되어 야간 근무 준비를 하고 있는데 아까 낮에 식당에서 본 선배가 나를 불렀다.

"이 양. 너 낮에 주방에서 나는 밥 챙겨 주고 너는 안 줬다고 말했니?"

나는 벌써 까맣게 잊고 있었는데 내가 그랬었지 싶어 가만히 서 있었다.

"새파란 것이 나랑 맞먹으려 하니?"

선배는 나를 세워놓고 벽력같이 소리쳤다. 나는 조용히 듣고 있다가 울기 시작했다. 나도 모르게 흐느꼈다. 그분은 끝까지 "그만 가 봐!"라며 소리를 질렀다.

아마 그때 그곳에 있던 수용자들 중 누군가 선배에게 일러준 것 같았다. 수용자들이 한곳에서 오래 작업을 하면 문제들이 생긴다. 나는 그때 그 선배보다 까마득한 후배였다. 그분은 6.25 사변 미망인으로 입사하신 분이다. 그날 이후에는 직원식당 음식이 아무리 맛없어도 주방에는 얼씬거리지 않았다.

그때부터 나는 직원식당에 관심을 가지고 좀 더 신경 쓰면 먹기가 낫지 않을까 생각했다. 세월이 많이 지났지만 기회가 왔으니 해보고 싶었다. 그다음 달부터 일근을 하면서 직원식당에 근무했다.

남자직원인 선임자에게 인계받았다. 그런데 자잘하게 사다 놓았다가 남은 것은 자기 돈으로 구입했다며 물건 값을 달라고 했다. 속으로 이런 일도 있구나 생각했다. 나는 그 직원이 오래 근무했으니 직원들에게 기부하고 가면 좋겠다는 생각을 했지만 그냥 달라는 대로 주었다. 그리고 마음속으로 나는 인계할 때 이런 것 하나도 돈 안 받고 그냥 넘겨주고 말아야지 생각했다.

그다음 달부터 때마침 새 차를 사서 가까운 가락시장에서 물건을 직접 사서 가져왔다. 반찬이랑 국 외에 또 한 가지 찬을 더 만들었다. 나는 전 직원이 건강하고 잘 지내게 해달라며 열성을 부렸다. 지금 생각하면 무리였다. 좀 잘 안 먹어도 상관없지만 그 밥 먹고 야근 근무하면 정말 배가 고팠다. 그 점을 개선해 보리라 생각했다.

그렇게 열정적으로 근무하다가 문제가 생겼다. 처음에는 사람들이 한 가지 더 하니까 웬 반찬을 이렇게 많이 주느냐고 정말 좋아했다. 그때 나는 내 차를 이용해 택시비를 아끼고 그 돈으로 직원들을 챙기면 된다는 마음이었다. 그렇게 계획을 세우고 일을 하니 예전보다 수용자들이 일을 많이 하게 되었다. 아끼며 절약해야 후임자에게 풍성하게 넘겨주는데 그것도 너무 과용했다.

아침 점검 때 모여서 이런 귀한 일꾼인 수용자들에게 열심히 일해 줘서 감사하다고 말했다. 가족이 먹는다고 생각하고 정성 들여 일해 보자고 했다. 소신껏 맛깔나게 하려고 노력했다. 온 직원들이 맛나게 먹었고 나는 시장에 가서 열심히 물건을 사다 주었다. 2년을 그렇게 근무하고 나니 새 과장이 와서 서류 일까지 보며 담당을 맡으라고 했다. 나는 컴퓨터도 서툴고 두 가지는 못 한다고 사양했다. 그제야 철이 들었던 것이다.

나는 깨끗하게 창고에 있는 대로 다음 직원에게 인계했다. 내 차로 열심히 뛰며 일하고 음식도 힘들지만 잘했으니 마음 편히 넘겨주고 여사로 들어갔다. 그런데 서류를 넘겨준 뒤 문제가 생겼다. 서류 정리를 맡은 직원이 제대로 하지 않은 게 많아서 고생했다. 그때 식당 홀을 관리하면서 항상 웃는 얼굴로 맡겨두고는 알아서 잘 처리했을 것이라 믿고 따로 확인은 하지 않았다. 나는 계속 시장에 왔다 갔다 하며 음식을 만들고 맛있나 먹어 보는 데에만 집중했다.

물건을 대고 반찬을 늘리니까 일손도 많이 바빠졌다. 취사 도우미가 많이 힘들어서 마음이 아팠다.

내가 맡은 서류까지 다 넘겨주고 편안한 마음으로 여사에서 근무하고 있었다. 그날 오후쯤에 과장님에게서 갑자기 용도과로 오라는 호출이 왔다. 내심 무슨 일인지 궁금해하며 갔다. 과장님은 남자직원이 맡은 서류를 보여주며 나에게 왜 이렇게 하지 않았냐고 물었다. 나는 깜짝 놀랐다. 믿는 도끼에 발등을 찍힌 기분이었다. 그 후에 나의 후임 담당이 워낙 성실하고 서류도 잘 정리하여 음식과 반찬 가짓수를 그대로 유지해서 잘해나가고 있었다.

제일 칭찬받을 사람들은 그때 나를 도와주던 취사병들이었다. 수용자인 그녀들은 반찬, 국, 그리고 밥까지 열심히 만들었다. 식사 때마다 기도하는 마음으로 전 직원의 건강을 책임지고 있으니 힘들지만 보람 있었다. 나는 뛰어다니면서 수용자들이 열심히 일하는 모습을 확인시켰다. 가석방이나 좋은 상을 줄 때는 직원 취사병을 추천하고 말씀드렸다.

그때 식당을 운영하면서 음식 장사가 대단한 것을 체험했다. 무모하게 반찬 가짓수를 늘리는 것이 잘한 것만은 아니라는 경험을 얻었다. 솔직히 밑지는 장사였다. 한 가지 늘리지 않아도 양념이나 더 나은 제품으로 맛있게 했으면 수용자도 힘이 덜 들고 무난하지 않았을까? 막상 재무관리에는 부실했다. 나는 나대로 새 차를 시장 안으로 끌고 다니며 중고차를 만들었다. 풍성하게 남은 것이 하나도 없었다.

　그래도 흑자인 것은 3년 근무하며 온종일 식사 제공에 소원대로 건강한 나날이었다. 잊지 못하는 애틋한 취사부들이 잘 지내고 가정에서 소중하게 지낸다는 믿음이었다. 나의 소중한 믿음의 가족은 다시 만나지 못하지만 진심으로 기도한다. 감사하며 행복하시길.

마음의 상처,
눈에 보이는 상처

그대의 가치는 그대가 품은 이상에 의해 결정된다.
용기는 위기에 처했을 때 빛나는 힘이다.
발타자르 그라시안

서로 협조하고 사랑하며 좋은 모습을 보이며 예쁘게 근무하는 공무원 부부들이 많다. 남편의 친구와 동료들까지 한 가족처럼 지내기도 한다. 부부 교도관들은 대부분 오순도순 행복하게 사는 모습이다.

어디든지 다 똑같은 것은 아니다. 예외도 있다. 내가 잘 알고 지내는 직원 부부의 사례이다. 남편 B는 아내 C와 같이 근무하다가 자신은 야간근무 타입이 아니라며 이직을 하였다. C도 바람직한 비전은 좋은 것이라며 적극 찬성했다.

그 이후 어느 날, 우리는 부부 동반 모임을 갖기로 했다. 깨끗한 호수가 펼쳐져 있는 곳이었다. C는 야외로 놀러 나와 기분은 좋았지만 그날 하필이면 야간근무를 하고 간 터라 몸이 피곤하고 힘들었다.

그날 C가 맡은 곳은 하층 1,2동으로 인원이 70여 명에 가까웠다. 후배가 2층에서 근무하고 있었다. 어느 곳에나 한밤중에는 갑작스럽게 돌발 사고가 일어날 가능성이 있으니 주의하자고 생각하고 있을 때 어디선가 갑자기 "아악!" 하는 외마디 비명이 울려 퍼졌다. 멀리서 좀 떨어진 위 사동에서 들리는 소리에 몸과 다리에 힘이 풀려서 정신없이 계단을 올라가서 살펴보았다.

상층 담당이 나와서 확인하고 있는 중이었다. 자는 시간이라 C는 젊은 동료 직원에게 입 모양으로 무슨 일이냐고 물어보았다. "잠꼬대했대요. 가끔 사회에 있던 일을 꿈꾸나 봐요."라는 답이 돌아왔다.

야간에는 이런 일이 가끔 있다. 큰일은 아니어서 다행이라 생각하며 계단을 내려갔다. 사람 관리는 매사에 조심스럽고 집중해야된다. 특히 야간 후번 근무 때에는 신경이 많이 쓰인다. 근무 자체의 긴장감으로 걱정되는 상상을 많이 한다.

드디어 아침이 되어 C는 6시 30분에 인원 점검을 끝으로 근무를 마쳤다. 교대로 식사를 한 뒤 8시에 출근한 근무자에게 인계를 끝냈다. 그녀는 간단하게 화장을 하고 부지런히 서둘렀다. 놀러 가서 맛있는 것을 먹을 생각에 아침식사도 건성으로 빨리 마쳤다. 남편 B와의 좋은 시간을 기대하며, 피곤하지만 기쁜 마음으로 만남의 장소에 도착했다.

B를 만난 C는 새벽 1시부터 고된 근무를 해서 피곤하다고 말했다. 들었는지 못 들었는지 B는 별 말이 없었다. C는 일단 다른 사람

들과 인사부터 나누었다. 그때 나는 같이 얘기하고 노는 데서 좀 떨어진 평평한 바위에 걸터앉아 있었다. B는 자기와 평소에 친한 J의 부인과 장난치고 노느라 바빴다. 아내에게는 눈길을 돌릴 틈조차 없었다. 그 모습을 지켜보던 C는 자신도 모르게 화가 벌컥 났다. 그때 마침 그녀 쪽으로 눈길을 돌린 B가 그 모습을 보고 다가갔다.

C는 "거기서 뭐하는 거야?"라며 사람들에게 들리지 않을 정도로 화를 냈다. 그런데 그 순간 B가 큰 소리로 "내가 뭘 어쨌다고!"라고 소리쳤다. 그 순간 분위기 다 깨졌다. 사람들은 C를 이상한 눈초리로 바라봤다. 좋은 만남을 기대하면서 온 C는 순식간에 최악의 동반자 취급을 받았다.

하지만 진정으로 나쁜 사람은 B다. 그는 그 후에도 변하지 않는 모습으로 C를 많이 힘들게 했다고 한다. 평소 수용자도 감싸고 보호하며 노력하는데, B는 자기 아내조차 보호하지 않고 많은 사람 앞에서 상처 주고 망신시켰다. 처음에는 그녀도 설마 하는 마음으로 견디고 참았으나 습관이었다. 매너를 몰라서 그런단다. 그렇게 말하는 C에게서 진심으로 내가 당한 듯한 아픔이 전해왔다. 나는 "어유! 다른 직장에 가길 잘했네. 만나면 내가 한마디 했을 거야."라고 말하며 안타까워했다. C는 나의 위로에 마음에 평안을 얻은 것 같았다. 그녀는 깨진 자존감을 위로하고 용기를 냈다. 하루하루를 소중하게 여기고, 이 지구별에 도움이 되는 나를 함부로 하는 사람에게 넘어지지 않을 것이라고.

교도소에서는 인원 점검이 생명이다. 담당은 복도에서 방을 향하고, 수용자는 방 안에서 점검 자세로 만난다. 반듯한 자세와 깨끗한 거실에서 "차렷! 경례!" 인사를 나눈다. 그리고 자신의 순번 번호를 말한다. 한 사람씩 얼굴을 확인하며 온몸 차림새까지 훑고 지나간다. 지난 하룻밤 동안의 생명과 안전을 재확인하는 중이다. 가끔 화장실에서 미처 나오지 않았을 경우가 있다. 점검 시간에는 제자리를 지키라고 주의를 준다. 총인원을 맞춰서 보안본부에 이상 유무와 인원 점검 내용을 보고한다.

교도관은 수용자에 대한 모든 지식과 관리를 교육받고 근무하는 전문공무원이다. 한 사람, 한 사람 인원을 셀 때마다 그들이 안전하고 평범한 방향으로 생활하기를 바란다. 맡겨주신 하나님의 선물인 수용자 자체를 마음에 품고 한 마리 양이라도 낙오되지 않도록 바라는 간절함이 있다. 그것이 교도관이 인원을 세고, 또 세어보는 원초적인 마음이라고 생각한다. 나도 역시 애정을 품고 숫자를 세려고 노력했다. 정확하게 데리고 온 인원과 같을 때 감사하고 안도한다. 무사함을 확인 후 무심한 눈길로 자리를 유지한다.

반대로 예를 들어 도서관에 7명을 데려왔는데 셀 때는 6명이라면? 한 사람이 방심한 틈을 타서 외부로 도주했다고 생각해 보자. 하필이면 그 수용자가 죄질이 나쁜 강력범이라고 가정해 보자. 사건의 90%는 대부분 강력범이나 나쁜 사람이 일으킨다.

그때부터 국가적으로 교도관을 비롯해서, 군경이 도주자로 변한 수용자를 찾아나서야 하는 국가적인 사건사고로 변한다. 이러한 사실을 염두에 둔 교도관은 매번 인원을 체크해 사건을 만들지 않도록 기회를 차단한다. 경계하고 또 눈으로 세고 있다. 수용자들은 편안하게 앉아 있으면서 교도관의 생각과 눈길을 감지하고 인식하며 안전하고 사고 없이 평온한 시간으로 채워간다. 마음의 준비와 사전에 아는 지식이 없이는 언젠가는 적에게 패한다.

직장에서 걸레를 들고 청소하면서도 나는 이 지구별을 청소하여 빛나게 한다는 소명을 갖고 임했다. 목표가 분명하면 보람 있는 나날이다. 교도관은 지구별의 모든 사람이 성실하고 안전하게 평안을 누리며 사는 데 도움을 주는 귀한 직업이라고 자부심과 자긍심을 가졌다.

사랑하고 싶고
사랑받고 싶다

몹시 좌절될 것같이 여겨지는 사건이 그 사람의 인생에 최대의 분기점이 되는 경우가 있다.
전화위복의 기회는 항상 있다.

시어도어 루빈

인생에서 내가 제일 소망하는 것은 사랑하고 사랑받는 것이다. 이 세상을 따뜻하게 하는 공기는 사랑이다. 손해를 보든 눈치를 보든 결국 따뜻한 마음으로 매서운 추위를 물리치게 된다.

성동구치소에서 근무할 때이다. 외부 출역 김치공장에서 작업하면서 지내는 10여 명의 수용자들이 있었다. 온종일 배추 다듬기, 씻기, 절이기, 양념 묻히기 등을 했다. 건강하고 씩씩하게 지내는 수용자들에게도 여러 가지 사연이 있었다. 그중 30대 후반의 K는 얼굴도 예쁘고 작업도 야무지게 잘했다.

K는 사회에서 한 남자를 만나 사랑했지만 양가의 반대에 부딪혔다. 두 사람은 사랑을 선택하고 혼인신고만 한 채로 1남 1녀를 낳고 살았다. 그러던 어느 날, 남편이 세상을 떠났다. 그때부터 K는

생활전선에 뛰어들었다. 사랑하는 자녀들을 위해서는 못할 것이 없다는 굳은 마음으로 일을 했지만 결국 구치소로 들어오게 되었다. 아이들은 친정 부모님께 맡겼다. 구치소에 처음 들어오던 날 그녀는 이불을 뒤집어쓰고 한없이 울었다. 하지만 다음 날부터는 마음을 굳게 먹고 이겨내려고 노력했다.

재판을 마치고 형이 확정되었다. 김치공장에서 일하는 수용자는 외부에서는 접견이 되지 않는다. 작업을 쉬는 토요일에 정해서 만나게 된다. 평소 K를 많이 사랑하고 아껴주시는 친정아버지가 두 아이를 데리고 와서 엄마의 얼굴을 보여주곤 했다. 어린 자녀들을 지켜야 한다는 의욕과 사랑이 몸도 약한 그녀를 일으켰다. 쉽지 않은 김치 포장 작업이었지만 K는 꾀부리지 않고 일 년을 꼬박 일하며 받은 월급을 알뜰하게 모았다. 그러면서 가석방을 위해 노력했으며, 그 꿈을 위해 열심히 기도했다.

교도소에 들어온 사람들은 누구든지 가슴에 눈물로 된 호수를 가지고 있다. 수용자들은 누군가 울면 같이 울고 싶어지니 동료들이 우는 것을 좋아하지 않는다. 미결 수용자 방에서는 수용자들이 일주일씩 번갈아 가며 재판에 불려 나간다. 자신들의 운명이 걸린 재판이므로 아침부터 우는 것을 원하지 않는다. 참고 배려해 주면서 잘 해결되기를 번갈아 가며 기도해 주는 밝은 분위기다.

동료들의 협조 속에 잘 생활해온 K는 김치공장에서 1년이란 세월을 보냈다. 주위 젊은이들과 손발을 잘 맞추며 특사가 발표되는 삼일절만을 기다렸다. K는 계속 기도하면서 모든 것을 하나님의 이름 안에 맡겼다. 자녀를 사랑하고 또 사랑하는 남편의 뜻을 자녀를 통해 이어가기로 기도했다. 그리고 드디어 특사에 그녀의 이름이 올랐다. 기적이었다. 하나님이 그녀의 손을 잡아 주신 것이다. 그녀는 그렇게 자녀들에게 돌아갔다.

어느 봄날 오후에 조용한 신입이 들어왔다. 단발머리를 한 여인 S였다. 그녀는 여사 목욕탕에서 작업하게 되었다. 힘든 일이었지만 S는 본인이 건강한 편이니 할 수 있다며 자원을 했다. S는 언제 봐도 반듯했다. "물 담아주고 챙기려면 피곤할 텐데요?"라고 묻자 "아니에요. 감사하지요. 예수님도 제자들의 발을 씻겼는데, 영광이지요."라고 대답했다. 나는 갑자기 시야가 확 트이는 것 같은 시원함을 느꼈다. "어머, 정말 훌륭하게 사시네요? 신앙인이네요."라고 하자, 난처한 듯 "이 몸으로 부끄럽지요."라고 답했다.

목욕탕에 근무하면 온수와 냉수를 고무 양동이에 3통씩 나란히 담아놓고 1인분씩 택해서 씻게 한다. 그중에 꼭 남의 물을 가져가는 사람이 있어서 뒤에 들어가는 사람들이 혼란이 오는 경우가 있다. 그리고 비누 한 조각이라도 없어지는 현상이 일어나곤 하였다. 내가 일일이 나서봤지만 안 좋은 일은 계속해서 벌어졌다. 그러나 S가 일을 한 후로 한결 조용해졌다.

벌금으로 노역형을 오는 사람들은 대부분 돈이 없었다. 힘들게 살아서 이곳에 들어와도 직원들을 힘들게 하는 경우가 있었다. 삶이 그들을 지치게 하여 숨어있는 병을 제대로 발견하지 못할 때도 있었다. 어느 해는 다른 교도소에서 겨울에 들어온 노역수가 들어온 지 며칠 안 돼서 갑자기 사망하는 일이 벌어지기도 하였다. 세간에서는 가혹행위를 한 것 아니냐는 시선으로 보기도 하였다. 오히려 노역수는 일단 독방에 격리해서 모든 것을 확인하고 돈이 없는 경우에는 기결수 처우에 맞춰서 필수품을 지급하고 식사량도 충분하게 배식하라고 신경을 쓰고 아픈 곳을 확인하여 치료해주고 집으로 보내는 일이 잦다.

근무하고 지나 보면 많은 수용자 중에서 헌신적으로 했던 사람들이 기억난다. 그 사람으로 인해서 주위의 암담하던 사람들이 덤으로 따뜻한 추억이 되기도 한다. 결과적으로 선한 끝은 있다. 그리고 사랑하고 사랑받으면서 이해하고 믿으면서 지나간 세월은 추억과 사랑으로 따뜻해진다.

K는 자녀를 위해서 열심히 노력하고 기도한 끝에 때마침 삼일절 특사로 아이들의 곁으로 날아갔다. 지금까지 무엇을 하면서 어떻게 살아가고 있을까? 걱정되지만 잘해내리라는 평안한 마음이 자리 잡아서 기쁘다.

목욕탕에서 수용자에게 봉사하고 따뜻한 목욕물을 담아 줄 수 있는 자신의 직분에 감사하며 일한 S를 보는 것도 기뻤다. 물 한 그 롯이라도 사랑으로 대하면 진정한 주님의 사랑을 나누는 사람이 된다.

자녀를 헌신하고 감싸며 사회의 따뜻한 주인공으로 키워내는 것도 참사랑이다. 이러한 과정에서 자녀는 세상을 향해 나아갈 힘을 얻고 같이 사회에 뿌리를 내리는 건전한 일꾼이 될 것이다. 순간마다 최선을 다해서 할 수 있는 만큼 안아주고, 묵묵히 바라보며 웃어줄 수 있는 따뜻함을 품고 살아가자.

모두에게 좋은 사람이 되려고 하지 마라

성동구치소에 근무할 때였다. 개성이 강한 M 선배가 있었다. 그분은 말솜씨와 순발력이 뛰어났다. 음식도 잘했다. 그녀는 우리 후배들을 모아놓고 여러 음식 만들기를 다양하게 가르쳤다. 선배는 자신의 학교가 명문이라는 점을 늘 강조하였다. 나는 고향의 조그만 면에 있는 유일한 고등학교를 나와서 선배가 학교 얘기를 할 때면 할 말이 없어 가만히 듣고만 있었다. 생김새는 풍성한 아주머니 같았지만 예민하고 똑똑한 편이던 선배에게 잘못 보이면 별로 좋은 일이 없었다. 그분 눈에 어긋나면 근무하기가 곤란할 정도였다.

나는 뛰어나지도, 별로 똑똑하지도 못하여 선배가 틈만 나면 재미있게 이야기하는 모습을 보고 참 똑똑하고 대단하다고 생각했다. 여러 방면에서 나와는 완전히 반대 스타일이었다. 거기에다가 관상도 볼 줄 알아 얼굴에 관해서 얘기하기를 좋아했다. 나는 그 당시에는 신앙심도 없고 그냥 적응하기에도 바빴다. 그때 같이 일하던 여직원들은 전국 각지에서 왔는데, 다들 지역의 명문 고등학교를 나왔다고 했다. 나는 그런 학교를 나오지 않은 것이 부끄럽지 않았다. 나는 모교가 자랑스러웠다. 그곳에서 책을 많이 읽는 학생으로 통하던 나는 앞으로도 책을 꾸준히 읽으며 작가가 되고 싶다는 생각뿐이었다.

다방면으로 똑똑하고 처세술이 뛰어난 M 선배는 근무 평점도 뛰어나서 어느 해에 평점과 근무연수가 되는 직원들을 승진시켜주기 시작했다. 그 선배는 남자직원들을 제치고 우수한 성적으로 승진하여 다른 소로 가서 근무하다가 퇴직했다.

그분이 성동에 있을 때 나는 그분의 밑에서 근무하다가 직원식당으로 옮겨갔다. 그때 취사장에서 일하는 수용자가 말을 안 듣는다고 나를 불러서 혼냈다. 날마다 부르니 견딜 수가 없었다. 그날도 휴식시간이 되어 사무실 앞을 지나고 있는데 선배가 나를 불렀다.

선배는 젊은 취사부 수용자가 태도가 불손하다며 나를 혼내기 시작했다. 속에서 불이 나는 것을 참아보려 했지만 나도 모르게 "그래서 어쩌라는 겁니까? 해도 해도 너무하시네요."라고 말해버렸다. 엉겁결에 튀어나온 말이었다. 선배는 물론, 주위에 있던 직원들도 깜짝 놀랐다.

그 이후로는 사무실에 불려가지 않았다. 나도 그 선배를 웬만하면 마주치지 않으려 노력했다. 그때 나는 여사 사동에서 조용히 근무하다가 직원식당 주방 근무를 하게 되어 부족한 부분이 많았었다. 수용자도 부족하고 훈련과 교육도 부족하고 나도 요리에 그다지 아는 것이 없어 수용자들을 데리고 부엌에서 안전하게 지내는 것만으로도 벅찼으니 똑똑한 선배가 보기에 못마땅한 것도 당연한 일이었다.

그 사건 이후로 요리책도 보고 수용자에게도 관심을 가지고 교육하며 물품 관리를 제대로 하도록 하면서 차근차근 나아갔다. 그러다 보니까 본의 아니게 이번에는 내가 취사부에 간섭을 하고 싫은 소리를 자주 하게 되었다.

그러던 어느 날이었다. 취사부 반장으로 있던 H가 부식에 사용하는 달걀과 소시지가 없어졌다고 부식 담당 남자 직원에게 말했다. 곁에서 가만히 듣고 있는데 내가 창고에 들어갔다가 오고 그 물건이 없어졌다는 것이었다. 기겁하고 달려가서 "아니, 내가 언제 그랬어요?"라고 하고 남자 직원과 부식창고에 들어가 확인하니 물건이 그대로 있었다. 남자 직원은 웃으면서 쓸데없는 말을 한다고 하고 자리를 떠났다.

그제야 내가 사람들에게 평판이 좋지 않다는 것을 깨달았다. 나는 수용자들을 불러서 잘해 보자고 단속하던 것이 속상했느냐며, 그동안 고생 많았고 열심히 일해줘서 고맙다며 위로했다. 그 이후로 사이가 좋아지면서 맛깔나게 요리하는 데만 집중할 수 있게 되었다.

수용자들은 막다른 골목까지 밀려온 사람들이다. 내 감정을 앞세우기보다 이해시키고 다독거려 줘야 될 일이 많다. 그들의 속마음을 알고 교육하면서 서로 좋은 결과를 만들도록 협조해야 한다.

누구든지 상대방의 마음을 깊이 들여다보지는 못한다. 억지로 죽을 각오로 참는다면 말하는 사람도 듣는 나도 서로 좋지 않은 결과가 있다. 내가 M 선배에게 항의했을 때 대단하다고 칭찬하는 사람도 있었다. 나는 스트레스가 풀리고 나자 오히려 미안한 생각이 들었다. 그분도 조금 자제하면 본인에게도 좋은 일이라고 생각했다.

나는 직원들과 원만하게 지내기도 했지만, 모여서 험담하거나 뒷말하는 것은 피했다. 대신 혼자서 책을 들고 다니며 읽는 것을 낙으로 삼고 지냈다. 그 이후 M 선배는 승진하여 다른 곳으로 발령 나서 만나는 일이 없었다.

그 대신 N 선배가 나를 괴롭게 했다. 그분은 다른 것에는 관심이 없었으나 음식 문제로 나를 오라 가라 했다. 어느 날 특식 겸 저녁 반찬으로 갈치를 튀기고 있었다. N 선배가 주방을 지나가면서 저녁 반찬 숫자를 세서 준비해 둔 것을 보고는 검사하게 갈치 몇 마리를 사무실로 보내라고 했다. 주방에서 바로 먹어보는 것도 아니고, 사무실로 가져오라니 황당했다. 본인도 직원식당 근무를 많이 해 봐서 잘 알 텐데 왜 그럴까 생각했지만 일단 갈치를 몇 토막 담아서 보냈다.

직원식당은 가뜩이나 인력이 부족했다. 일을 할 때마다 필요한 일손을 부탁해서 받아야 하는 입지였다. 여사의 사무실 팀장은 이러한 일에 협조하지 않고 방해를 하기도 했다. N 선배는 말발이 세고, 나와 안 맞았다. 음식 양은 한정되어 있는데 자기가 맛본다며 가져가는 것이 제일 괴로웠다. 야간 근무하는 직원은 잘 먹어야 힘이 덜 든다. 그런데도 안 된다고 거절하지 못하는 내가 속상하고 화가 났다.

우리 아버지를 닮았다. 아버지는 동네 온 동네 사람들의 칭찬 모델이셨다. 모든 사람에게 인사 잘하고 모든 사람에게 친절하기로 유명하였다. 물론 우리한테도 잘하셨다. 그러나 어머니한테는 그러지 못했다. 함부로 화내고 참지를 못하셨다. 집에서 어머니께 잘하고 남들에게 할말 하면서 사이좋게 노후를 오순도순 보내면 얼마나 좋았을까?

타인을 위해
나를 잃지 말자

인간은 바라는 것을 기꺼이 믿는다.
율리우스 카이사르

서울에 와서 생활한 지 40년이 지났다. 그동안 좋은 일도 많았지만 괴로운 일도 많았다. 그중에서 제일 가슴이 아팠던 때는 형제 같은 동료나 친구의 갑작스런 죽음이었다. 나도 이렇게 마음이 아프고 슬픈데 부모 형제는 어떤 심정일까 생각하게 된다. 나는 내 몸을 더 소중하게 건강 유지를 잘하고 행복하게 살면서 가족들의 곁에서 건강한 호흡으로 지켜보려고 한다. 그 자리에 꿋꿋이 있을 때 편히 연결할 수 있는 축복이 제일 큰 선물이라고 믿는다.

친한 친구에게서 남편이 교통사고로 떠났다는 비보를 들었다. 내 사랑하는 친구는 충격으로 자리에 드러누웠다. 또한 아들을 키우며 알뜰살뜰 살던 후배 교도관이 암으로 세상을 떠났다는 이야기도 들었다. 빈손으로 시작하여 부자 남편을 만들어놓고 그녀는 우리를 떠났다.

하나님은 나를 통하여 주위 사람들이 더불어 잘 살길 원하신다. 그분이 사랑하는 나를 통해서 축복의 길로 연결되기를 원하신다. 그 소명 안에 우리는 생활한다. 슬픔도, 고난도 하나님이 지키심을 확실히 믿고 의지하기에 그 고비를 이겨냄이 축복의 예비하심이다. 타인을 위해 나를 잃지 말아야 한다. 힘을 얻어서 타인을 세워주고, 힘을 내서 자녀의 손을 잡아 주자.

어느 해 겨울이었다. 집 앞 저수지가 꽁꽁 얼어 아이들은 그곳에서 썰매를 타곤 했다. 그런데 며칠 전부터 오후에는 날이 풀려 얼음이 점점 얇아지고 있었다. 어느 날 오후, 아이들이 놀다 떠나 텅 빈 얼음 저수지 위로 한 청년이 뛰어들었다. 마침 그 장면을 내가 목격했다. 나는 집으로 뛰어 들어가 소리쳤다.

"아버지! 저수지에 사람이 빠졌어요!"

나의 급한 목소리에 아버지와 어머니가 달려 나왔다. 두 분은 대문간으로 달려가 감 따는 장대를 뽑아들고 저수지로 달려갔다. 물에 빠진 사람에게 장대를 내밀어 잡게 하고는 힘껏 당겨 끌어냈다. 숨을 죽이며 지켜보던 나는 감동했다. 그렇게 우리 가족은 소중한 생명을 구했다. 그는 지금까지 잘 살고 있어 감사하다.

우리는 이처럼 살아 움직이는 한 서로 돕고 귀하게 여겨야 한다. 나는 교도관으로서 수용자의 생명을 지키기 위해 차가운 복도에서 파수꾼처럼 서서 그들이 건강한 몸으로 가정으로 돌아가기를 간구했다. 날마다 힘든 중에서도 부족한 내가 이 밤도 해냈다는 뿌듯한 감동을 안고 퇴근했다.

교정공무원들은 험악한 수용자들을 잘 이끌어감으로써 국민의 평안을 내부의 환란으로부터 지켜가고 있다. 또한 수용자에 대한 깊은 연구로 자살이나 상해 등을 미연에 방지하고, 순간순간에 집중하며 의무를 다하고 있다. 나는 근무하면서 나름대로 이 직업을 귀하고 보람 있게 생각했다. 나라의 녹을 먹고 지낸다는 생각에 언제나 나라를 사랑하고 아꼈다.

손자와 손녀를 돌보다 보니 요즘 세상은 내가 아이를 키우던 때와는 다르다. 그럼에도 불구하고 나라의 앞날을 위하여 자녀를 키

우고 보람 있게 사는 사람들이 고맙고 소중하다. 서로 한 손길이라도 더해서 어린이들이 건강하게 자라가기를 바랄뿐이다.

인간은 누구나 완전하지 못하다. 미흡하나마 이룬 성과는 서로 알아주고 닮아가는 삶이 되면 대한민국은 세계 5위 안에 들어갈 것이다. 주위 나라에 업신여김을 받을 일도 없을 것이다.

부모님은 새벽 4시면 들로 나가셨다. 겨울 빼고는 항상 그렇게 살았다. 곁에서 지켜보는 나는 저렇게 성실하게 몸 바쳐서 일하는데 부자가 돼야 된다고 생각했다. 그 결과 우리 자녀들은 동네에서 나름 성공했다. 농사도 돈이 되는 것으로 바꿔 고소득을 올리고 있다.

퇴직 후 나는 깨달았다. 어린 시절 부모님이 저수지에서 한 사람을 구하는 것을 본 것이 나의 직업에 영향을 미쳤다는 것을 말이다. 나 또한 귀한 직장을 통해 수용자들이 자신의 생명이 얼마나 소중한지 일깨워 주는 메신저 역할을 하였다. 나는 38년 10개월 동안 교도소에서 그들의 안전과 생명을 소중하게 보호했다. 수많은 날 동안 긍지와 사명을 가진 가운데 하나님의 사랑이 함께하셨음을 굳게 믿는다. 지금은 퇴직하였지만 앞으로도 수용자가 건전한 이웃으로 생활할 때까지 소망의 기도를 이어갈 것이다.

도대체 그깟
나이가 뭐라고

인생은 경주가 아니다. 누가 일등으로 들어오느냐로 성공을 따지는 경기가 아니다.
네가 얼마나 의미 있고 행복한 시간을 보냈느냐가 바로 인생의 성공 열쇠이다.
마틴 루터 킹

내가 어린 시절에는 우리 가족 중 큰집 할머니가 대장이셨다. 할아버지는 빨리 돌아가셨다. 그 가운데 할머니는 자녀들의 섬김을 받았다. 지금은 핵가족, 1인 가족이 많은 사회다. 현재는 과도기이다. 이런 시대에 태어난 여성은 어떻게 하루하루를 역동적으로 개척해야 할까?

내가 어릴 때만 해도 자식은 많이 낳는 것이 미덕이었다. 우리 형제만 해도 2남 3녀이다. 지금은 출산율이 많이 줄어들어 한두 명의 자녀들만 낳는 집이 많다. 자녀를 낳지 않는 대신 반려동물을 키우는 집도 많다.

직장 일을 하는 남편들은 대부분 가정에 소홀하고 집 밖에서 스트레스를 풀고 즐긴다. 아내는 날이 갈수록 집에서 남편과 아이들만 의지하고 기다리게 된다. 어느 날 장성한 아이가 부모의 품을 떠나면 큰 상실감이 밀려오게 된다. 이때 자기 관리를 하거나 공부를 하는 것이 어떨까. 남편에게 같이 시간을 보내 달라고 집착할수록 담 너머 아줌마로 여긴다.

자녀들이 학업에 몰두할 때는 그대로 잘할 수 있도록 도와주고 남편 이외의 노후의 건전한 친구를 가지자. 50대부터는 도서관을 이용하는 것이 인생의 답이다. 운동과 스포츠 등 삶의 시간을 메워 줄 일이 많다. 건강을 챙기며 두뇌를 발전시키고 지식을 채워 노후를 잘 바꾸어가는 준비를 하는 것이 나이를 풍성하게 이어가는 결실이 된다. 경제적으로나 정신적으로 홀로서기 수업을 해야 한다.

나는 결혼하여 남편을 잘 받들고 자녀를 잘 키우면 모든 일이 다 되는 줄 아는 우를 범했다. 나는 제자리에 그대로 머물면서 남편과 자녀들의 성장만을 바라며 살았다. 어느덧 항상 그대로일 것 같던 자녀들도 둥지를 옮겼고, 남편은 기회가 있을 때마다 승진하였다. 나는 벌써 50대로 접어들어 노령 직원이 되었다. 늦게나마 정신을 차린 나는 관심 분야에 대한 공부도 하고 승진을 하려고 발버둥 쳤다. 어려울 것 같았지만 도전해 보니 정말 좋았고 감사했다. 진실로 예쁘게 잘 마무리하고 싶었다.

교도소나 구치소에는 미담도 많고 교훈거리도 많아 인생에 대해 경각심을 일깨워주기 좋은 콘텐츠가 넘치건만 관련 도서가 나오지 않아 궁금하던 차에 박은경 저 《여교도관의 인생수첩》과 장선숙 저《왜 하필 교도관이야?》라는 책이 나왔다. 나는 이 책들을 사서 행복하게 읽었다. 공무원으로서 사명감을 가지고 일에 몰두하면서 이렇게 귀한 책을 써낸 후배들이 대견하고 감사할 뿐이다. 이후로도 많은 교도관들이 등단하길 기대한다.

공무원들의 노후는 60대부터이다. 그 전에 독서와 노력으로 저서를 한 권 이상 써서 공무원 작가가 되어서 퇴직하자. 대부분 장기간 5년, 10년 이상 근무한 공무원은 승진도 하고 작가가 되어서 퇴직을 하면 1인 창업으로 연결할 수 있으니 꼭 유념할 것을 권유한다.

물론 혼자 작가가 되기는 힘들다. 우리나라 최고의 책 쓰기 교육기관인 '한국책쓰기1인창업코칭협회(이하 한책협)'의 김태광 대표 코치도 혼자서 7년을 고생한 끝에 최고의 책 쓰기 코치가 되었다. 한책협에서는 책의 뼈대가 될 목차와 주제를 기획하고 구성하는 법을 알려주어 900여 명의 작가를 배출하였다. 작가가 되려면 책 내용, 즉 콘텐츠를 정하는 것도 중요하지만 그것을 조직적으로 꾸미고 이루는 구성력이 더 좋아야 한다. 나는 평생 소원하던 작가의 꿈을 이렇게 확실하게 가르쳐 주는 곳이 있는 줄 몰랐다. 한책협에서 책 쓰는 법을 배우고 원고를 쓰면서 나는 매일 행복한 나날을 보내고 있다. 이렇게 즐겁고 기쁘니 치매도 없을 것이다. 건강도 좋아졌다. 갱년기 스트레스도 없다.

여행도 그다지 꿈꾸지 않는다. 책을 통해 즐거운 상상을 하며 책을 쓰면 새로운 생활이 창출되고 힘들이지 않고 훌륭한 만족을 얻는다. 또 좋은 점은 내 마음속에 깊숙이 숨어있는 묵은 찌꺼기를 씻어 버리고 마음속이 상쾌해진다. 직장인들은 업무에 상사들에게 스트레스받고 속상해하지 말고 꿈을 가지고 퇴직하여 새 인생으로 출발하자. 책과 더불어 유튜브도 찍고 1인 창업도 하면서 내가 잘 아는 방면의 메신저가 되는 것이다.

직장생활을 하다가 정년퇴직하는 것은 축복이다. 그동안 가정과 직장을 병행한 것에 박수를 보낼 일이다. 어깨에 드리워진 멍에를 잘 풀어놓고 그동안 지식과 나 혼자만의 기술을 책으로 만들어 나라에 도움이 되는 인생이 되자. 아이슬란드는 40만 명의 국민 중

1/3이 작가라고 한다. 자연경관이 아름답고 상상력이 큰 이유이기도 하다. 우리나라도 좋은 모습은 배우고 분발해야 한다. 책도 읽고 책 쓰기를 활발하게 해야만 된다.

결혼 조건 중에 배우자의 직업도 많이 반영된다. 맞벌이하면서 가정을 돌보고 협조해야 한다. 지금은 많이 달라지고 생활환경이 좋아지고 있다.

동료의 남편이 아내에게 함부로 하는 것을 보고 가슴이 아픈 적이 있었다. 그 남편은 맞벌이를 하면서도 집안일에는 절대 손을 대지 않았다. 아내는 그런 남편과 살면서 힘들고 지쳤으나 어느 순간 적응이 되어 참고 지냈다. 자녀들이 자라서 대학교 가까운 곳에 방을 구해서 독립했다. 처음에는 아이들 뒤치다꺼리도 없어지니 몸의 여유와 휴식이 좋았다. 평소에 가정에 책임감이 없던 남편은 다 큰 자녀들 눈치까지 안 보게 되자 더욱 편안한 자유 생활을 하였다.

아내는 남편의 비위를 맞추며 오순도순 지내고 싶었다. 식사와 청소 등 할 수 있는 대로 남편에게 맞춰 주었으나 남편의 사소한 잔소리는 늘어만 갔다. 남편은 아침이면 말도 없이 출근했으며, 퇴근 후에도 집에 잘 들어오지 않았다. 아내는 빈집에 홀로 앉아 외로움을 견뎌야만 했다.

어느 날 직장에서 야근 근무를 하게 된 아내는 남편의 근무처에 전화했다. 그때 남편은 밖에서 일하는 사람에게 말이 많다며 전화를 끊어버렸다. 순간 아내는 '이 사람이 나를 아내라고 생각하긴 하나?'라는 생각이 들었다. 그러면서 '이제 남편은 내버려 두고 내 인생을 살자' 하는 결심이 섰다.

그때부터 그녀는 자기 공부와 일에 몰두하였다. 그동안 끌어안고 있던 짐을 모두 던져버리고, 남편에게 "나도 직장 일로 바쁘고 새로 공부도 시작했으니 당신 일은 당신이 알아서 하라"고 선포했다. 그녀는 자신의 몸과 마음부터 챙기고 웬만하면 남편과 거리를 두었다. 그 후부터 서서히 자기 분위기를 찾으며 밝아지기 시작했다. 그녀는 소중한 내 인생을 쓸데없이 남에게 맡겨두고 있었음을 깨달았다. 그녀가 자신의 인생을 포기하다시피 하면서 남편과 자녀만 바라보고 있던 것을 남편도 부담스러워했을 것이다. 그것들을 깨닫고 중요한 것이 무엇인지 알게 되면서 그녀는 평안과 자유를 얻었다. 소중한 인생, 진정 사랑으로 보듬고 잘 살아가자.

혼자일 때도
괜찮은 사람이 되는 연습

인생은 흘러가는 것이 아니라 채워지는 것이다.
우리는 하루하루를 보내는 것이 아니라 내가 가진 무엇으로 채워가는 것이다.
존 러스킨

　　나는 고등학교 때 시골 산길을 걸어 다녀야 했다. 동네 친구들은 학교에 다니지 못하고 도시로 돈을 벌러 나가서 중학생 때부터 항상 혼자서 다녔다. 해가 서산으로 빨리 지는 산골은 대낮에도 무서웠다. 그럴 때면 초록빛 벼가 무럭무럭 자라는 들판을 보다가 고개를 들어 무한하게 펼쳐있는 바다 같은 하늘을 바라보았다. 그 구름 뒤에 하나님이 앉아서 나를 지켜본다고 생각하고 힘을 냈다. 그 이후부터는 아무것도 무섭지도 걱정되지도 않았다.

　　겨울에 눈이 내리면 체육 시간에 선생님들과 학생들이 다 같이 산에 올라가 토끼를 잡기도 했다. 숨어 있던 토끼는 내리막길에서 사람들에게 포위를 당하자 힘없이 붙잡혔다. 지금 생각해 보면 토끼가 얼마나 무서웠을까?

　　결혼해서도 나는 시어머니와 남편 그리고 자녀에게 당연히 잘

해야 한다고 생각했다. 잘 살아서 하나님이 주시는 축복을 받는 사람이 되고 싶었다. 시골 우리 동네에는 교회도 없다. 나는 큰딸이라고 어머니가 용추사에서 새해가 되면 내 이름의 등을 달고 기도한다고 하셨다. 학교 수업이 끝나고 우리 동네를 보면 산속에 동그랗게 위에서 불을 비추듯이 밝은 빛이 났다. 나는 읽었던 동화책을 상상하며 작가가 되는 희망을 품고 살았다.

결혼하여 소중하게 집을 잘 이루고 잘 살고 싶은 마음이 가득했다. 그런데 자녀들을 키우고 생활하면서 남편과는 생각이 잘 맞지 않았다. 남편은 자신의 사회생활을 즐겼다. 나는 오직 연년생인 자녀들에 대한 계획을 세워 키웠다. 그때도 하나님이 희망을 품고 성실하게 살면 소원을 이루어 주신다고 믿었다. 남편 일이나 직장에서 신앙으로 나를 오해하고 힘들 때면 하나님이 소원을 이루어 주시는 중이라고 믿었다. 불행은 행복의 싹이 틀 때의 아픔이라고 생각했다. 나를 은근히 괴롭히던 사람은 스스로 편안한 마음으로 용서했다. 나의 그릇을 비운다고 생각했다.

성동구치소에 있을 때 일이다. 나는 아침 8시까지 출근했다. 휴식시간은 3번 30분씩 주어진다. 나는 첫 휴식시간마다 예배당에 가서 하루 근무 시작과 중요 기도 제목으로 기도를 했다. 다른 직원들도 나와 같이 기도를 드리곤 하였다. 그곳은 기독교, 불교, 천주교 세 종교가 정해진 날짜에 예배하는 장소였다. 나는 1988년부터 꾸준히 가서 기도하면서 근무했다.

그러던 어느 날 거의 매일 기도드리는 장소에 갑자기 불상을 가져다 놓았다. 그런 물건들이 없다가 들어오니 무척 놀랍고 걱정이되었다. 직원들이 조심스럽게 이곳은 이런 것을 설치하거나 하지 않는 곳인데 가져오시면 어떡하냐고 걱정했다. 결국 나무 상자에 보관하였다가 불교 행사 때만 사용하고 다시 넣기로 했다.

그해 초파일이 되었다. 교도소는 눈에 보이지 않는 영적 전쟁이심한 곳이다. 그날에 연등을 예배당에 한가득 달았다. 불교 행사가끝나고 철거해야 하는데 나에게 그것을 떼지 말라고 말했다. 나는깜짝 놀랐다. "그러면 안 되는데." 하면서 걱정이 태산 같았다.

나는 직원들이나 근무지에 안 좋은 일이 일어날까 봐 걱정했다.이윽고 근무가 끝났다. 나는 문을 열고 들어가 예배당에 달린 연등의 줄을 풀었다. 그다음 날 직원들이 야단이 났다. 나는 가만히 있었다. 내가 그곳에 없으면 몰라도, 알면서 그냥 두는 것은 직장에도은혜가 안 되리라고 굳게 믿었다.

나는 오랫동안 근무하면서 직원들을 형제처럼 생각했다. 하나님을 믿든 부처님을 믿는 그들의 축복을 원하고 기도하며 생활했다.같이 생활하며 잘 살아야 된다는 것이 나의 철칙이었다. 내가 잘못하면 나만 벌 받고 혼나면 된다는 생각이었다. 성동구치소에 오는사람들은 직원과 수용자 모두가 축복받기를 소망하고 살았다.

나는 소심하고 겁 많고 생각도 많은 사람이다. 평소에는 감히 생각도 못하지만 그때는 '죽으면 죽으리라'라는 생각을 했다. 교도소의 예배당은 꼭 분리해서 신실하게 사용해야 한다. 몇 년 후 성동구치소가 이사하여 새로 지은 동부구치소에 가서 예배를 드렸다. 지나간 시간을 돌아보니 눈물이 났다. 이곳에서 많은 영혼이 활발하게 빛을 받고 새 생명을 얻어 우리 국민으로, 또 기도 요원으로 죄에서 생명의 삶으로 돌아와 주기를 바랐다.

성동구치소에는 유난히 벚꽃과 과일나무가 많다. 땅도 좋고 터도 좋았다. 소나무도 잘 자랐다. 봄이 되면 구치소의 높은 담 주위의 꽃을 구경하며 걸어가는 사람도 많았다. 접견 온 가족들은 매실을 한 봉지씩 담아서 웃으며 집으로 향했다. 성동구치소의 매실은 약도 치지 않으니 더 달고 맛났다. 처음에는 허허벌판에 성동구치소가 들어와서 번성하고 별일 없이 주민들과 잘 지냈다. 이런 꽃동산을 만들고 주민시설을 같이 공유하는 데 기관과 이웃 주민과 소통하며 노력하는 여러 소장님들이 계셨다.

신실한 믿음으로 수용자를 교정 교화시켜 새사람으로 인도한 분도 많다. 퇴직한 뒤에도 항상 기도로 도우시는 분들도 많다. 넓은 구치소를 작업하시느라 얼굴이 까맣게 탄 분을 보며 마음이 뭉클하기도 했다. 그분은 한 달 이상 날마다 차에 나무를 잔뜩 싣고 와서 대대적으로 묘목 심기 공사를 했다. 성동구치소의 원예를 담당하신 분도 같이 자신의 집 정원을 꾸미듯이 신경을 쓰고 살았다.

자녀들을 키워서 학교 근처로 내보내고 나는 남편과 둘이만 살았다. 한 달 동안은 둘이서 알콩달콩 오랜만에 달콤한 분위기를 누렸다. 그리고 끝이었다. 남편은 그때부터 또다시 자신의 생활을 즐겁게 보내느라 나까지 돌아볼 겨를이 없었다. 나도 처음에는 기다리고 서운해하였다. 나에게 갱년기와 빈집 증후군이 찾아왔다. 어느 순간 '이제 나도 좀 살자'라고 생각하며 남편이 늦게 오면 혼자 나가 좋은 곳에서 식사한 뒤 극장에 가서 영화를 감상했다. 그러고 집에 돌아와서 누워 있으면 남편은 느긋이 놀다가 집에 왔다.

나는 남편의 출퇴근에 관심을 두지 않기로 했다. 말해도 듣지 않으니 자기 인생을 자기가 관리하게 두었다. 나는 여유롭게 나의 승진과 미래에 대해 생각했다. 만약에 남편이 손톱만큼만 한 관심과 애정을 나에게 두었더라면 의지가 약한 나는 정신없이 휘둘리고 평생을 멍하게 보냈으리라.

어느 순간에 안 맞는 사람과 가까이 있는 것이 불행하다는 사실을 깨달았다. 바보였던 내가 큰 발견을 한 셈이다. 진정 나의 행복은 적당한 거리를 두는 것이라고 생각했다. 내 삶을 살고 주위 사람들도 자신의 인생은 스스로 찾아가라는 목표를 찾았다. 혼자 있게 시간을 준 남편에게 감사하고, 나도 괜찮은 사람으로 살게 되었다.

당신은 순간순간
애쓰고 있는가?

소인배는 엄히 대하기가 어려운 것이 아니라 너그러운 마음으로 미워하지 않는 것이 더 어렵고,
참된 분을 모실 때에는 공손하기가 어려운 것이 아니라
공손이 지나쳐 비굴해지지 않도록 예절을 지키는 것이 더 어렵다.
소진

어느 토요일 새벽이었다. 교회에서 새벽기도를 마치고 돌아오는 길이었다. 버스정류장을 지나가고 있는데 키가 훤칠한 젊은 남성이 담배를 피우다가 바닥에 툭 던졌다. 담배꽁초에서 작은 연기가 나고 있었다. 나는 "안 돼! 안 돼!"하며 꽁초를 탁탁 밟아 남은 불을 껐다. 맑은 새벽녘이라 지나가던 사람들이 나를 쳐다봤다.

담배를 피우다가 아무 데나 버리고 가는 사람이 많다. 가을에는 주위에 낙엽이 쌓이고 불기가 닿으면 큰 재해로 변하기 쉽다. 담배를 안 피우면 좋겠지만, 신경 쓰고 담배꽁초도 깨끗이 꺼서 본인이 수거하고 집으로 가져가서 버려야 한다.

얼마 전 강원도 여행을 다녀왔다. 삼척을 거쳐 강원도의 아기자기한 경치와 보석이 담긴 듯 고운 바닷물이 펼쳐졌다. 예전에 비 오는 날에 갔던 때와 완전히 달랐다. 촛대바위와 바닷가 난간으로 죽 이어지는 리조트 옆길을 걸었다. 사람들이 즐겁게 걷고 있는 바다 산책길로 이어진 난간 다리였다. 모래사장과 아름다운 바다와 볼거리 등으로 감탄을 연발하였다.

다음 날이었다. 리조트에서 1박을 한 후 영랑호 주위를 걸었다. 강원도에 큰 산불이 난 적이 있어서 주위 산이 황폐해진 모습을 볼 수 있었다. 죽은 나무와 임자 없는 펜션의 아픔이 여기저기 보였다. 그날의 뜨거운 화기가 내 마음에 전해오는 듯 가슴 아팠다. 불 꺼진 현장에도 이토록 큰 상처가 남아있는데 주민들은 얼마나 놀라고 가슴이 아팠을까? 사람과 재산의 피해는? 또 얼마나 안타깝게 울었을까?

구름 저편과 비 갠 후 쳐다보는 하늘에 무지개를 보내며, 미소 짓고, 힘을 주신다고 믿는다. 내 자녀가 가만있어도 뭐라도 주고 싶으실 텐데, 예배드리고 선하게 노력하는데 안 주시겠는가? 소중한 대한민국을 성실하게 간직하자. 훌륭한 조상이 되고, 후손에게 물려줘야 할 책임과 의무를 생각하자. 최소한 담뱃불, 촛불 등의 실수로 인한 재해는 안 된다. 국민의 정신건강에 좋고 세계적으로 아름다운 우리나라다. 좋은 산이 많은 우리나라의 산림과 보물들을 잘 관리하자.

나는 시골 고등학교에서 좋은 선생님의 은혜를 많이 받은 사람이다. 새벽 4시면 부모님은 나를 잠자리에서 깨워놓고 들에 일하러 가셨다. 졸려서 다시 자다 겨우 일어나서 동생들 점심 도시락을 챙겨 주면 내 몫은 없었다. 그래서 친구들의 도움을 많이 받았다. 준비물을 챙겨 가지도 못했다. 문방구에 들러서 사는 것도 준비하는 것도 익숙지 못했다. 제일 많이 죄송한 것은 가정 선생님이었다. 준비물을 한 번도 제대로 챙기지 못했다. 그분은 항상 포근했고 학생들의 기를 죽이지 않았다. 그분이 생각나면 마음이 항상 따뜻해지고 용기가 났다.

화학시간은 좋아하지 않았다. 잘하고 싶은데 설명을 잘 이해하지 못했다. 어느 날, 점심시간 이후여서 그런지 칠판을 보다가 잠이 왔다. 나도 모르게 도서관에서 빌린 책을 꺼내 보다가 선생님께 걸려 크게 혼이 났다. 선생님은 나에게 앞으로 나오라고 했다. 손바닥을 회초리로 7대 맞았다. 아픈 것도 있지만 친구들 앞에서 부끄러움이 훨씬 더 컸다. 나는 그때 여드름이 났고 통통했으며 안경을 썼고 매력적이지 못했다.

나는 책을 읽으면서 자존감을 가졌고, 훌륭한 사람이 되어야 한다는 결심이 있었다. 그 마음은 항상 읽은 책에서 배웠다고 생각했다. 그 책 사건 이후 어느 과목 시간이든 다른 책을 숨겨서 보지 않았고 나쁜 습관을 고쳤다. 선생님께 대한 예의가 아니었으니 오히려 혼나서 잘됐다고 생각했다. 더 나은 학생이 되려고 노력했다. 그 후 사회생활을 하면서 가정 선생님과 화학 선생님을 생각해 봤다. 결과적으로는 화학 선생님도 나를 붙잡아 주신 것이라 감사했다. 사랑으로 참고 손잡아주신 선생님께 인사를 드리고 싶은 생각이 샘솟듯 우러났다.

나는 학교에서 도서관을 가장 많이 이용하는 학생이었다. 그때 나는 결심했다. 열심히 독서하고 훌륭한 사람이 되자. 돈을 벌어서 도서관에 책을 기부하는 사람이 되자. 나는 교도소에서 오래 근무하면서 책을 많이 읽는 수용자들에게 정을 주게 되었다. 수용자들은 가족, 친구들과는 떨어져 있지만, 책은 언제든지 읽을 자유가 있다. 책 읽을 자유는 참 소중하다. 나는 열심히 돈을 벌어서 교도소에도 책을 기증하는 작가가 되고 싶은 꿈이 생겼다.

나는 대학교에는 가지 못했지만 교정직 공무원에 합격하였다. 나에게는 생명같이 소중한 직장이었다. 내가 받은 은혜를 갚을 길은 부자가 되고 잘 사는 것이라고 생각했다.

드디어 오랜 세월 끝에 퇴직 때가 다가오고 있었다. 어느 날 나만 알고 있는 30년 가까이 교정복지로 넣은 저축 통장을 깼다. 그중 1,000만 원을 빼서 나의 모교에 도서 구입용으로 보냈다. 교장선생님과 통화 끝에 조용히 해달라고 부탁드렸다. 나는 그전까지 남편과 자녀들에게 비밀이 없었다. 미리 의논하고 물어보고 하다가 오히려 핀잔을 들을 정도였다. 이 뿌듯하고 감사한 돈은 예외였다. 자녀들을 키우면서 항상 빠듯했지만 이 일은 하나님만 알고 계신 내 마음의 약속이라고 믿었다. 적은 돈이지만 세상에서 얻을 수 없는 행복을 알게 되었다.

이제 시작이다. 퇴직했지만 나만의 행복을 찾게 해준 교도소에 보답하고 수용자들의 정신교육에 함께하고 싶다. 나는 항상 그들의 영혼을 마음에 품었다. 좋은 일을 하면 연어가 산란기가 되어 알을 품고 회귀하듯 나에게도 좋은 일이 돌아와 풍성한 부자가 된다고 한다. 이렇게 작가가 되어 계속 좋은 책을 쓰고 학생들이나 마음이 서러운 수용자, 그리고 모든 사람에게 도움이 되고 싶다. 그리고 사랑하는 대한민국이 많이 나누고 같이 행복하면 좋겠다.

울고 싶을 때는
울어라

그곳을 빠져나가는 가장 좋은 방법은 그곳을 거쳐 지나가는 것이다.
로버트 프로스트

부산 영도 고모 댁에 있을 때였다. 고모는 2남 1녀 중에 할머니가 가장 사랑하는 개성 있는 딸이다. 큰집 언니는 서울에서 상고를 졸업하고 그곳에서 직장을 다니고 있었다. 언니의 직장은 미군 하야리아 부대 근처였다. 언니는 회계장부를 계산하는 사무장에게 채용되어 서류를 맡아서 처리했다. 내가 내려가니 나에게도 일을 주었다. 나는 언니와 함께 출근해서 장부에 글을 옮겨 적었다. 동시에 글씨 연습과 잔심부름을 하고 있었다. 그때 월급을 3만 원 받아 1만 원은 내가 쓰고 2만 원은 고모에게 맡겼다.

당시 '고야'라고 불리던 고모부의 여동생은 나와 동갑내기였는데 그녀도 직장이 없어서 우리와 같이 출퇴근하고 있었다. 그날도 셋이서 나란히 퇴근하다가 탁구장에 들렀다. 1시간이 후딱 가고 집에 늦게 도착했다. 그때 시골에서 할머니가 와 계셨다. 집에서 기다리는 것은 생각 않고 나란히 대문을 열고 들어갔다.

그때 고모가 "왜 이렇게 늦게 다니는 거야?"라며 큰 소리를 쳤다. 평소 편안하게 잘 지냈는데 혼나니 서러워서 대성통곡을 했다. 나는 작은 방에서 할머니, 언니와 나란히 누워 한참을 흐느끼다 잠이 들었다. 곁에 누운 할머니께서 조용히 내 등을 쓰다듬어 주셨다. 철이 들고 그 장면을 생각해 보니 고모한테 정말 미안했다. 친척 집에서 공짜로 살면서 고모를 힘들게 했다는 사실을 알았다. 그 후에 고모부가 편찮아서 약값으로 쓰시라고 용돈을 가끔 보내드렸다. 작은오빠의 딸인 나를 힘들지만 품어주셨다는 것에 감사했다.

나는 고모 댁에서 일 년의 시간을 보냈다. 앞으로 무엇을 해야 할지, 지금 하는 일로 내 미래를 이어갈 수 있을지 고민이 많았다. 그리고 공무원 시험은 벽이 높았다. 그해 가을 농사를 마치고 어머니가 내려와서 내 손을 잡고 집으로 돌아오라고 하셨다.

집에 돌아갔는데 시골에서 밭일도 안 하고 집에 있는 것이 부끄러워 방 안에서 문고리를 잠그고 나오지 않았다. 그렇다고 공부를 하는 것도 아니었다. 부산에서 할머니가 올라오셔서 문을 열어보라고 하셨지만 나는 끝내 문을 열지 않았다. 그때 내 모습이 정말 초라하고 보여주기 싫었다. 그 후부터 할머니는 오시지 않았다.

시골의 겨울은 한적했다. 어머니는 산에 나무하러 다녔다. 어느 날 부모님과 의논을 했다. 도저히 공부가 안 된다, 다시 부산에 가서 학원에 다니고 싶다고 말이다. 아버지가 고모에게 편지를 써줬고, 나는 다시 부산으로 가게 되었다.

그해 학원에서 만난 동갑내기 친구가 아주 친절했다. 친구는 자기 집 앞이 교도소라서 잘 아는데 교도관이라는 직업이 좋다고 했다. 우리는 같이 교도소 총무과에 가 원서를 냈다. 나는 고모 집으로 돌아와서 교도소에 원서를 접수했다고 말했다. 그리고 시험 준비를 시작했다.

보름 후에 시험이 있었다. 나는 평소 산만해서 공부를 잘 못했다. 그때는 새삼스럽게 각오가 남다르고 잠도 오지 않았다. 꼭 합격하겠다는 마음뿐이었다. 필요한 책을 사서 밤이 깊도록 공부했다. 나는 난방이 들어오지 않는 방을 이용했는데, 고모부가 알루미늄 유담프를 사다 주셔서 따뜻하게 지낼 수 있었다. 고모부는 그 당시 부산상고를 졸업 후 조선공사 직원으로 근무했다. 지금은 돌아가셨지만 아직도 인정 많은 부산 사나이의 걸걸한 목소리가 귀에 선하다.

그 집에서는 쪽마루에 앉아 고개를 들면 멋지게 지어진 교회가 보였다. 나는 교회 건물을 보며 생각했다. '시험에 합격하고, 교회 다니고 싶어.' 그때 나의 초라한 모습으로는 교회 안으로 들어갈 용기가 없었다. 그냥 우러러보며 마음에 담는 것만으로 시원해지는 기분을 느꼈다.

그해 겨울에 천만다행으로 교정직 시험에 합격했다. 지방신문에 이름이 있어서 가슴이 두근거리고 기뻤다. 그 후 고향 집에서 발령

날 때까지 걱정하면서 기다렸다. 준비가 덜 된 상태로 시험을 봐서 이름이 뒤쪽에 붙어있었다. 그 사실을 아신 아버지께서 발령이 안 났으니 광화문에 있는 교정본부에 확인 차 다녀오라고 하셨다. 교정본부에 가서 물어보니 합격자 전체 성적 순서대로 이름이 나열된 것을 보여주며 "현재 여기까지 발령이 났으니 조금 더 기다려달라"고 친절하게 설명해주었다.

드디어 무서리가 하얗게 내린 그해 시월에 발령이 났다. 국군의 날 다음 날부터 성동구치소로 출근했다. 그때까지도 고모가 나를 위해 얼마나 힘들고 고생스러웠을지 생각하지 못했다. 그 후 고모는 새집을 사서 이사했다.

부산에서 학원에 다닐 때 고모는 매일 도시락을 싸 주셨다. 내가 첫 직장에서 10개월 근무하며 월급 중에서 2만 원씩 고모에게 맡겨 둔 돈을 아버지께 부쳐서 그 돈으로 학원도 다녔다. 늦게나마 우리 하나밖에 안 계신 고모가 나의 인생길에 다리를 놓아 주셨다는 것을 깨달았다. 고모는 밥도 맛있게 해주고 정성을 들였다. 나는 회 맛을 그곳에서 알았다. 쉬는 날에는 생선과 다양한 해산물을 사다 먹었다.

고모 집은 객식구까지 모여서 대가족이 되었다. 조카들이 3명이었다. 나와 언니까지 조그만 집에 와글와글하게 살았다. 초등학교 3학년 때 나의 담임 선생님이 고모의 담임 선생님이셨다고 했다. 고모는 학교 다닐 때 육상 선수였다. 아버지께서 그 사실을 알려주셨다. 담임 선생님은 초등학교 졸업할 때까지 나를 돌보아주셨다. 겨우 작년에 뵙고 인사드렸다. 학교 다닐 때 추억으로 담임 선생님은 항상 그 자리 그 모습일 것 같았는데 연세 많은 할아버지가 되어서 가슴이 짠했다.

나는 순한 편이었다. 잘 자란 편으로 그때 고모 집에서 제일 크게 울었다. 사랑을 베풀어주신 고모는 암으로 투병 중이시다. 고모부가 돌아가신 날 만났다. 이제는 도움받는 것도 싫다며 전화도 안 받았다. 부산 가서 더 늦기 전에 고모를 만나 속마음을 털어놓고 싶다. "감사해요. 그리고 사랑해요."라고.

돌이켜보면 그 시절이 가장 따뜻한 추억과 그리움이 컸다. 고모와 언니 주위의 사람들이 곱게 생각났다. 이제는 빛나는 20대의 행복한 추억이 됐다. 서울에서는 용기를 내서 교회 생활을 했다. 어떻게 해야 내 인생이 점점 잘될 수 있을지에 열중했다. 나는 동생들과 성공하고 부자로 잘 살고 싶었다. 그 소원대로 동생들과 더불어 주위 가족들이 행복하게 살아가고 있다.

고모부와 청학동과 자갈치시장, 그리고 예쁜 동백섬까지 생각이 난다. 하나님이 창조해주신 인간으로 축복받고 잘 살고 있다. 삶을 누리면서 행복하게 살아가고 만물을 지배하라는 하나님의 뜻을 따른다. 축복된 생각과 긍정으로 천국 갈 때까지 부를 이루며 성공적인 삶을 살아가고 싶다.

PART 03

그럼에도
나를 아끼고
사랑해야 하는
이유

나는 나를 놓치고
살았다

진정한 보람을 얻으려면 본래의 참 마음을 찾아라.
자한

나는 내가 좀 손해를 보더라도 열심히 선하게 사는 것이 답이라고 생각했었다. 나이가 들어 조용히 음미해 보니 많은 것이 부실했다. 내가 중심이 되고 나를 돌보고, 나의 가슴과 진지한 대화를 가진 적이 없었다. 다음은 나의 친구 S가 전해 준 사연이다.

어느 날, S의 아들 가족이 꽃게를 쪄서 먹자고 한 박스 가지고 왔다. 그러면서 엄마가 끓인 꽃게된장찌개가 맛있으니 끓여 달라고 했단다. 그녀는 옆에서 꽃게 손질을 하고 있던 며느리에게 몇 마리만 달라고 했다. 그 말을 들은 며느리는 제대로 된 것을 주지 않고 손질하다 떨어진 다리 몇 개만 주었다고 한다. 그녀는 나중에 나이 들면 꽃게 다리만 얻어먹는 인생이 될 것 같다는 생각이 들었다.
식탁에 모여 앉아 꽃게찜을 먹기 시작했다. 아들이 꽃게를 먹기

좋게 잘라 분배했는데 그녀에게는 마지막에, 그것도 크기가 제일 작은 것을 주었다. 설마, 다음엔 제대로 주겠지. 하지만 끝까지 그녀는 작은 것만을 먹어야 했다. 그녀는 '아! 내 인생!' 하며 한탄하고 슬퍼하지 않았다. 걸리는 것이 있었다.

그녀도 저번에 퇴직하자마자 돈을 빌려달라는 아들 내외에게 서운하게 대했다. 그녀의 인생 노후 준비를 위하여 주지 않았다. 그것도 화를 내면서 안 주었다. 그들도 속이 상하였지만 그녀도 그때 속이 많이 상했다. 그녀는 평생 돈이 없다가 그때 조금 있었다. 퇴직금을 받고 그중에서 조금이지만 주긴 했는데 아들 내외는 전혀 고마워하지 않았었다. 그녀는 아들 내외가 나중에 자신을 위해 뭘 해줄지 생각해 봤다. 그녀가 안 준 것만 서운했나 보다고 생각했다. 그래도 그녀의 아들 내외는 착하고 열심히 생활하고 있다.

그녀가 온 가족 앞에서 화를 내고 속상하게 했으니, 미운털도 박혔으리라 믿었다. 어쨌든 그녀의 노후는 그녀의 책임이었다. 돈을 많이 벌어서 성실하고 예쁘게 생활하는 자녀에게 풍성하게 안겨주고 싶은 마음이 가득했다. 그녀의 아들은 그 인생에서 제일 고마웠고 사랑한 아이였다. 첫아이인 아이는 귀여웠고 잘 자라 주었다. 태어나면서부터 재목이었고 사랑이었다. 기도와 신앙으로 양육했다. 아이는 그녀의 생명 같은 자식이었다. 그 후 딸이 와서 합석하였고 화기애애하게 끝났다.

그 계기로 보는 안목과 시야가 달라졌다. 아들에게 있어 그녀의 순번은 항상 마지막이었다. 현실을 깨닫는 계기가 되었다. 실감하는 좋은 계기가 되었다는 이야기다. 아들이 어머니를 무시하고 거만하게 굴면 며느리도 당연히 따라간다는 것을 알게 되었다. 그녀의 자녀는 나름대로 잘 자랐다고 자부했다. 신앙이 없어 늘 기도하고 아쉬운 점이었다. 좀 더 거리를 두고 조용히 바라보면서 살기로 했다는 것이다.

내가 어릴 때 어머니는 겨울이면 고구마를 삶거나 찬밥을 넣은 김치국밥을 끓이셨다. 어머니는 드실 때마다 "나는 시원하게 국물만 다오."라고 하셨다. 나는 국물을 국자로 퍼서 어머니께 드렸다. 지금 생각하니 밥 남은 것 조금 가지고 한 끼를 때우려니 본인은 먹지 않고 가족들부터 챙겨 먹이려는 마음이셨다.

딸인 나도 이러는데, 평소에도 살갑지 않던 친구의 아들은 당연하다는 생각이 들었다. 친구는 나이가 먹을수록 좋은 것이 보여야 하는데 왜 이렇게 여러 가지에 신경이 쓰이는지 모르겠다며 쓴웃음을 지었다.

나는 교도관으로 근무할 때 수용자의 인생을 심각하게 생각했었다. 집에 가서는 남편, 아이들의 인생에 신경 쓰고 잘 되어서 성공이고 감사였다. 그것으로 잔소리하면 내가 나쁘다. 당연히 할 일 했으니까. 지금은 가족이 행복하면 만족한다. 잘 살고 행복하기만 바란다. 나도 철이 든 것이다. 내가 맘 쓰고 애태우면 다 큰 자녀들은 그것이 간섭이고 쓸데없이 신경을 쓴다고 생각한다.

오히려 내 일에 최선을 다하고, 그들에게 맡겨두는 것이 제일 나았다. 그들도 시행착오를 겪어야 성숙해질 수 있다. 그 영역을 벗어나서 이제 자유가 왔다. 평화가 왔다. 오히려 마음의 독립을 선포하였고, 나의 인생이 보였다. 나는 주위 모든 사람이 잘되어야 내가 행복하다는 강박증이 있었다.

큰 여동생이 결혼하고 얼마 후의 일이다. 사돈어른이 병원에 입원하셨다고 연락이 왔다. 직장에서 힘들게 밤을 새우고 이제 집에서 한숨 쉬려던 참이었다. 그 말을 들은 즉시 힘든 몸을 이끌고 병원으로 향했다. 남편은 대단하다며 고개를 흔들었다.

이런 일들이 쌓여 가며 '나'라는 사람은 아무 곳에나 통하고 그냥 쉴 사이 없이 갖다 메우는 자리였다. 결국 몇 번이나 병원에 입원하는 일들이 생겼다. 이제 생각해 보니 사람이 다치는 것도 이유와 원인이 있다는 것을 알았다. 내 몸이라도 무리하지 않고 적당하게 균형이 잡힌 생활을 해야 했다. 나는 내 몸에게 자주 미안했다. 이제는 한 번씩 안아주면서 "고마워. 잘 견뎌 주어서."라고 한다.

하나님은 한 분이시고 내 마음속에 항상 살아계신다. 대화하고 물어보고, 잠 잘 때까지 함께하신다. 내가 오매불망 좋아하던 자녀도 이제 내 품을 훨훨 떠나서 자유롭게 생활한다. 범사에 완전하신 하나님께 맡긴다. 그 외 주위의 수백 가지 되는 일도 다 맡겨드린다. 그분은 능력 있는 분이시며 무거운 짐을 많이 맡길수록 좋아하신다. 나는 내 앞의 일을 성실하게 기쁘게 즐기면서 하루를 보내고 행복하면 된다. 나를 사랑하는 하나님도 당연히 기쁘시리라 생각한다. 믿고 맡기며 내가 할 수 있는 일을 즐겁게 하면서 풍요롭게 살면 된다. 만족한 나의 인생을 기뻐하며 하나님께 감사드린다.

친한 친구를 만나기로 했다. 같이 학교에 다니면서 신세도 많이 진 친구다. 그녀의 아들이 이번에 결혼한다며 만나서 밥을 사주겠다고 한다. 나는 복 있는 사람이다. 이 친구는 막내딸이며 집안도 좋았다. 실업자 시절인 졸업 후에 친구 집에서 열흘 이상을 4명이 먹고 책 보며 끝없이 소중한 앞날을 토론했다. 문학 모임도 같이 만들었다. 인생길이 암담하고 슬플 때 친구 집에서 위로를 받고 힘을 얻었다. 내가 잘돼서 은혜를 갚아야지 결심했다. 같이 서울에서 생활해도 만날 수 있는 시간이 거의 없어 이제야 만나기로 했다.

몇 시간을 만나도 옛날로 돌아갈 수 있는 친구가 있다는 사실에 마음이 풍요로워진다. 과거에는 힘들었지만 소중한 그녀들이 있어서 또 감사하고 좋다. 이제 성숙한 미래로 큰 걸음을 내디딜 것이다.

꽃을 보듯
나를 보라

꽃에 향기가 있듯 사람에겐 품격이 있다.
꽃이 싱싱할 때 향기가 신선하듯이 사람은 마음이 밝을 때 품격이 고상하다.
윌리엄 셰익스피어

하늘에서 비춰주는 새벽 별은 우리 가족의 발걸음을 인도해 주었다. 희미하게 비치는 산길 별빛 아래 우리 가족은 버스터미널로 가고 있었다. 여동생이 고등학교를 휴학하고 기술을 배우러 구미 공단으로 가는 길이었다. 아버지가 앞장서고, 나와 어머니는 여동생의 손을 꼭 쥐고 있었다. 지금까지는 시골에서 생활이 힘들다고 해도 먹는 것은 걱정 없이 사는 나날이었다. 아버지가 고심하면서 신문에서 찾아낸 구미 공단으로 동생은 기술을 배우러 가는 길이었다.

그때 우리는 캄캄한 밤에 새벽을 찾아 떠나는 가족이었다. 나는 이 장면을 가슴에 저장해 두었고, 다시 정신을 차리는 계기가 되었다. 거기서 하나님의 새벽 별의 배웅을 받으며 높은 곳을 향하여 소원을 말하고 있었다. "내 동생을 잘 지켜 주세요. 이렇게 아픈 일을 이겨내게 해 주세요." 그 이후로 우리나라는 새마을 운동과 함께 점점 부자가 되고 있었다. 일 년 후에 나는 서울로 와서 직장을 다녔다. 여동생은 휴학했던 고등학교에 복학했다.

그녀는 그 일을 계기로 이전과 달리 새 마음으로 공부했다. 고난이 공부에 대한 열의를 키워 주었다. 그녀는 그 결과 졸업 후에 서울에 와서 공무원 시험에 합격하는 쾌거를 얻었다. 둘째가 시험에 합격하고 2년 후에는 남동생이 서울 주택공사에 취직하여 서울로 왔다. 그는 둘째가 결혼하여 사는 집에서 함께 살며 회사에 다녔다.

그때 아버지는 우리 집에서 제일 약하고 아직 어린 동생을 구미 공단에 데리고 가고 있었다. 내 여동생은 열일곱 살에 왜 고향을 떠나야 했나? 나는 괴로움에 가슴을 두드렸다. 하나님은 이렇게 암담할 때 살길을 주셨다. 동생은 고등학교를 졸업하고 그해 초기에 공무원 시험에 합격했다. 나는 집에서 오늘이나 내일이나 하염없이 집배원을 기다렸다. 모가지가 긴 사슴처럼 발령 전보를 기다리고 있었다.

아버지는 농사를 동네에서 제일 잘하셨다. 하필이면 그때 우리 논은 벼가 제대로 익지 않은 상태로 다 죽었다. 농부 가족은 한 해 동안의 희망인 벼를 보고 가슴이 시커멓게 탔다. 설날 때도 우리 가족은 그해 쌀이 그것뿐이어서 떡국도 못 먹었다.

둘째 여동생은 지금 몸이 불편하지만 퇴직을 않고 출근하고 있다. 곁에서 지켜보는 우리가 그만 쉬라고 말려도 힘들지 않다고 다닌다. 어릴 때 고생한 것을 기억하고 힘낸다. 오히려 건강에 도움이 된다면서 열심히 다니고 있다. 이제 퇴직일이 점점 가까워진다. 학교에 제 일하러 가기 싫다고 한 동생이 이렇게 열심히 노력한다. 나는 오직 하나 그녀가 건강하면 좋겠다는 마음이다. 이 하루가 누구에게나 얼마나 소중한 날이던가? 나는 얼마나 어설픈 교도관이었던가? 그 많은 세월이 강물처럼 흘러갔고 나는 나날이 발전하고 있었다.

시골에서 서울로 이동하는 대변화의 과정이었다. 자녀들이 서울로 옮겨오는 시기였다. 그 후 부모님 이외 온 형제자매가 서울로 이동했다. 나는 아이들은 자라고 시어머니의 연세가 많아지시니 걱정이 되었다. 직장을 가지고 처음 우리 집을 중심으로 시작하여 서울로 대이동에 성공했다. 한강의 기적처럼 우리 가정은 서울의 기적이 이루어졌다. 그 가운데 나는 반대로 분당으로 내려왔다. 조용했지만 뭔가 허전하고 외로웠다.

동생 네 명은 서울에서 자리 잡고 생활하였다. 우리 집은 아이들을 데리고 분당으로 내려왔다. 아파트를 분양받아 살게 되었다. 이모와 삼촌이 같이 지내오던 아이들도 멀어지자 마음고생이 많았다. 아이들은 사춘기를 겪으며 성장통을 앓았다. 좁고 힘들어도 더불어 살고 형제들과 위로받았던 행복을 알게 되었다.

시골집에는 영농자금을 대출하여 소를 키웠다. 하루는 아버지가 갑자기 올라오셨다. 오셔서 소를 팔고 돈을 못 받은 것이었다. 둘째 사위가 수소문해서 그 돈을 받아 아버지께 갖다 드렸다. 아버지를 위해서 애쓴 둘째 사위가 큰 효도를 하였다. 그는 작년에 다니던 교회의 장로님이 되었다. 감사와 찬송을 보내며 축복하였다. 그 고마움과 기쁨은 말로 표현할 수가 없었다. 사실은 남편의 신앙심이 신실하기를 간절하게 기도했는데 현재 모습으로도 감사하다.

하나님께서는 요셉을 이집트에 먼저 보냈던 것처럼 나를 서울에 제일 먼저 올려 보내셨다. 그동안 집에서 일어났던 사건들은 우리 가정을 축복하고 키워 주시는 디딤돌이었다. 훈련과 연단의 장소였다. 범사에 감사였고 은혜였다.

어느 날 직장에 같이 근무하던 K 선배가 퇴직했다. 그녀는 지방에서 올라와서 근무하다가 아들을 낳고 자녀 양육으로 그만두게 되었다. 성격도 야무지고 만사에 강하게 보였는데 그동안 마음고생이 많았었나? 그분도 시어머니가 오셔서 아이를 돌봐 주시고 계셨기 때문에 남의 일이 아니라는 생각이 들었다. 같이 근무하던 사람들이 퇴직할 때마다 많은 생각이 들었다. 나와는 완전히 다른 성격이었던 선배가 앞으로도 진심으로 잘되기를 바랐다. 다른 선배들도 많았는데, 같이 근무하면서 K 선배의 지적으로 많이 느끼고 깨닫게 되었다. 야무지고 똑 부러지는 성격이었다.

서울의 겨울을 이겨내게 한 힘에는 하나님의 사랑이 함께하셨다. 아무리 두껍게 언 얼음도, 험한 시련도 시간과 노력 앞에는 물러간다. 나는 아무리 환경이 어려워도 직장에서 돈을 벌어야겠다고 생각했다. 나한테는 최고의 직장이고 감사였다. 승진은 남보다 빨리 못하더라도, 오래 근무하면서 생활에 보탬이 되고 싶었다.

　　시어머니가 갑자기 입원하시는 등 환경이 안 좋았을 때도 나는 휴직을 생각했다. 더 좋은 일이 확실하게 정해지지 않는 한 내 자리를 확보한다는 마음이었다. 사표는 쓸 생각이 없었다. 직장은 할 수 있는 한 오래 다니고 싶은 이 마음은 시골 생활이 워낙 힘들었기 때문이었다.

　　나는 내가 서 있는 자리에서 성실하고 선하게 수용자들의 부모

가 되어 주겠다는 자세로 반듯하게 근무했다. 동생들을 교육하고 이끌어야 했던 내 입장 그대로였기 때문이었다. 우리 형제는 집에서 용돈을 받지 않고 생활했다. 필요한 것은 아버지께 말씀드리면 마련해 주셨다. 그렇게 우리 가족들은 용돈이 없는 학교생활을 했다. 물론 학교도 걸어 다니고, 도시락으로 점심 먹고 했지만 어려움은 마찬가지였다.

나는 한겨울에 오롯이 피어 살아남은 꽃이라고 생각했다. 어설프고 연약했지만 깊숙한 하나님의 사랑이 나를 지탱해주어 잘 커가고 있었다. 이제 철도 나고 세상 물정도 안다.

나는 정열적인 동백꽃에 해당한다. 목련, 코스모스, 국화, 채송화 등의 예쁜 꽃이 많지만 차가운 겨울에 소리 없이 새순과 꽃망울을 준비하고 피는 진홍빛 동백꽃이면 좋겠다. 땅에 떨어져도 색깔이 변하지 않는 점이 목련과 다르다.

그때 월급 받아서 왜 그렇게 저축을 했는지 수중에 돈도 거의 없었다. 여동생과 연락이 안 되었다. 어머니는 오시면 여동생을 생각하면서 울었다. 나도 걱정이 되고 계속 마음이 편하지 않았다. 어느 날 여동생이 돈을 벌어서 학원에 다니고 도서관에 다니며 공부했다. 그해에 동생이 경찰관 시험에 합격하였으나 면접에서 낙방했다. 이어서 소방관 시험에 합격하여 우리 집에서 공무원으로 직장을 다녔다. 결혼하여 2년 후에 동생이 독립하였다. 그때부터 둘째

동생 집에서 아이들이 지냈다.

개포동에서 살 때였다. 독감에 걸려 집에서 자고 있는데 막내한테서 전화가 왔다. 강원도에서 군에 복무하고 있던 남동생 면회를 가서 오지 않고 있었다. 택시비 2만 원 가지고 기다리고 있으라고 하였다. 미리 한 시간 전부터 기다리느라 춥고 눈물이 났다. 결국 동생이 도착했을 때 나는 화를 냈다. 여동생은 아무 말도 하지 않았다. 독감이 제대로 걸린 나는 슬펐지만 동생은 또 나를 원망할 것이라고 생각하니 가슴이 아팠다.

남동생 둘은 대구에서 자취하며 공부하고 있었다. 아이들도 많은 고생을 하였다. 막내는 군 생활을 하였다. 마음에 왜 그리 상처가 많았는지 힘들었다. 온 가족이 나만 쳐다보고 있는 것 같았다.

그때그때 즐겁고 최선을 다하는 마음으로 이제는 순간순간 행복하게 되었다. 그동안 인생의 파도가 나를 세차게 때려 많이 비틀대며 살아왔다. 나를 위로하고 사랑한다. 이제부터 온전히 나의 인생임을 축하한다. 꽃보다도 보석보다도 아름답고 소중한 내 삶을 사랑한다. 추운 겨울에 애써 피워낸 동백꽃을 바라보듯이 청량한 마음으로 살아간다.

더 잘하려고
애쓰지 않아도 괜찮아

인생을 살아가는 데는 오직 두 가지 방법이 있다.
하나는 기적이 없는 것처럼, 하나는 모든 것이 기적인 것처럼 살아가는 것이다.
알베르트 아인슈타인

직장에서 밤에 근무하고 있었다. 사무실로 전화가 왔다. 영등포
어린이 보호소에서 온 전화였다. 이미영이라는 사람이 와 있다고
했다. 그 이름을 듣자 갑자기 몸이 떨렸다. 내 동생이었다. 뜬눈으로
밤을 새우고 다음 날 아침이 되었다. 하필이면 계호근무준칙시험을
보고 퇴근해야 했다. 원래 근무 시험은 배우고 알게 하는 목적으로
주위에서 서로 도와준다. 평균 60점 이상이 되어야 했다. 나는 평
소에도 잘하지는 않았지만, 그날 아침에는 글씨도 보이지 않았다.
옆에 있는 사람들에게 물어볼 마음의 여유도 전혀 없었다. 오직 빨
리 시험지를 제출하고 동생을 데리러 가는 것에 신경을 썼다.

드디어 답안지를 채우고 시험을 마쳤다. 영등포에 위치한 보호
소로 버스를 타고 찾아갔다. 퇴근하여 2시간이 지나서 목적지에
도착했다. 내 동생은 어린아이 몇 명이랑 같이 인형을 만지고 있었

다. 그중에서 내 동생이 제일 컸다. 그제야 "휴" 하고 안도의 숨을 쉬었다. 내가 살고 있던 자취집에 데리고 왔다.

다음 근무 날이 되었다. 보안과 사무실에서 호출이 왔다. 당직 주임께서 나를 불렀다. 그곳에는 허둥지둥 제출한 시험지가 놓여 있었다. 내가 꼴찌라고 했다. 얼굴이 홍당무가 되었다. "죄송합니다. 다음부터 열심히 하겠습니다." 나오는데 정말 부끄러웠다. 여사 근무지로 돌아오면서 '그래도 동생이 잘 있어서 좋아'라는 생각에 마음이 따뜻했다.

며칠이 지났다. 동생은 없는 중에도 음식도 해놓고 정말 좋았다. 춥고 외롭고 암담했던 시절, 동생은 직장을 찾아간다고 쪽지를 적어놓고 집을 나갔다. 모든 것이 나의 잘못이었다. 나는 어릴 때부터 동생에게 친절하지 못했다. 같이 나란히 잠을 자는데 그녀가 몸이 가렵다고 했다. 나는 톡 쏘는 소리로 "몸이 그게 뭐니?" 하며 안 좋게 했다. 그녀는 원래 피부가 예민하고 약했다.

동생에게 나는 많은 잘못을 했다. 집안일의 책임감은 내가 많이 있었지만, 제대로 한 것이 없었다. 들에 나가 계신 어머니의 빈자리가 힘들었다. 또 일하기가 정말 싫었다. 그녀를 다른 동생들보다 많이 나무랐다. 몸도 제일 약했다. 동생과 사이좋게 살았으면 훨씬 생활이 좋았을 것이다. 집에서 찾으면 언제 빠져나갔는지 없어, 그녀에게 많이 서운하고 외로웠다. 지금 생각해 보니 동생과 사이좋게 지냈다면 집이 훨씬 따뜻했을 것이다. 나는 나쁜 언니였다. 다른 세 명의 동생은 나름대로 다하고 사랑했다.

그렇게 동생이 집을 나가서 알바를 해서 일 년 후에 집으로 왔다. 나는 그때 결혼을 했다. 무사히 돌아온 것이 정말 반가웠다. 그때까지 부모님께 들은 원망을 생각하니 또 서운했다. 동생은 열심히 노력하였고 그 돈으로 학원에 다니며 취직 준비도 했다. 여러모로 나보다 나은 동생이었다. 결혼해서도 자기보다 어린 동생들을 정말 잘 돌보았으며 훌륭한 역할을 해주었다. 동생들도 잘 따랐다. 고맙기도 하고 부럽기도 한, 내가 부족한 탁월함이 있었다. 지금은 다른 동생들도 잘하고 잘 살고 있다. 그 동생이 있어 줘서 힘이 되고 고마웠다. 서울에서 이제 자리 잡고 살면서 음으로 양으로 제일 큰 힘이 되는 소중한 동생이 되었다. 부디 건강하게 오래도록 같이 살면서 누리고 싶다는 소망을 하게 되었다.

나는 교도관으로 근무하면서 많이 생각하고 나를 돌아다보게 되었다. 나는 자존심만 강하고 교만했다. 마음이 꽁 하고 남이 나에게 듣기 싫은 말을 하면 그 말을 머릿속에 두고 생각하고 마음이 편하지 않았다. 일 년도 안 돼서 수용자 한 사동을 맡아 근무하면서 의욕을 가지고 상담하고 교육하면서 많은 점을 발견했다. "부모님 말씀을 안 듣고, 자기 고집대로 살아서 결국 교도소 생활을 하게 되었다"던 소녀 수용자와 상담을 하면서 나의 일상을 돌아보고 부모님이

나 동생에게 편지를 쓰고 전화라도 한 번 더 드리게 되었다.

결정적인 사건이 있었다. 젊은 여학생들이 데모하다 들어온 적이 있었다. 그들은 수용자들을 부추기고 사동 규칙을 거의 정지시키곤 하여 나를 놀라게 했다. 그때 내 입장으로 돌아갔다. 서울에 내가 소원하던 좋은 대학교의 학생들을 살펴보았다. 그녀들이 보는 교과서적인 책을 많이 넣어주었다. 방 안 수용자들과도 친밀하게 지냈다. 모든 방면에서 일반 수용자들과 특별히 배운 학생으로 뛰어난 점은 보이지 않았다. 그들에게 시골에 계신 부모님의 입장과 동생들 생각을 해 보라고 했다. "이 소중한 학교에서 학업을 어떻게 하겠느냐? 이어가도록 준비하고 노력하라."고 말했다.

예쁜 그녀들은 내 동생의 입장이었다. 그녀의 부모님은 내 부모님이었다. 그녀들이 소리를 지르고 나서면 온몸과 마음이 황폐해진다. 모든 질서체제가 흔들렸다. 지친 몸으로 퇴근을 했다. 내 무릎으로 다가오는 아들딸들에게 그 마음이 그대로 건네졌다. "아들아! 딸아! 너희가 갈 학교는 진정으로 공부하고 싶은 과목의 학문을 가져라. 그리고 평생을 노력하며 그 공부의 전문가가 되어 인생을 살아가거라. 대학교는 진짜 전문 공부하러 가는 귀한 곳이다."라고 말했다. 그들은 자신이 원하는 학문을 하여 즐겁게 살고 있어서 감사하다.

그 이후에 다시 곰곰이 생각해 봤다. 나는 수용자나 동료들과 생활하면서 어딜 가든지 무슨 일이든지 모든 일을 조금 더 깊이 생각해 보는 습관이 생겼다. 그때 내가 부모님이나 동생들을 많이 사랑한다는 것을 느끼고 새삼 마음이 따뜻해졌다. 50대를 지나니 여러 사람을 생각하고 누구나 나의 곁에 있을 때 소중하게 대해야 한다는 목표가 생겼다. 이로 인해 나의 자존심과 교만은 멀리멀리 던져버리는 계기가 되었다.

수용자와 상담하면서 부모님의 훌륭하신 점을 깨달았다. 학생들과 소녀 수용자들을 상담하면서 반듯하고 행복한 길로 향하길 간절히 원하였다. 이어서 나의 여동생과 남동생들의 착하고 소중한 장점들이 나를 향했다. 부모님께 이런 형제자매 주심을 감사했다. 그때부터 이곳에서 수용자들을 만나고 돌보면서 이들이 나의 제일 소중하고 감사한 고객임을 알았다. 그들의 아픔과 슬픔 그리고 생활의 어려움을 깊숙이 들여다보게 되었다.

이렇게 교도소 생활은 내가 넓은 시야를 갖게 해주었다. 법의 선은 위험한 곳으로부터 지켜주기 위해 하나님이 그어놓으신 훌륭한 그물이라고 생각했다. 이렇게 나의 교도소 근무는 배우는 삶의 장이 되었다. 그때부터 나는 새사람이 되어갔다. 마음이 안정되고 여유가 생겼다. 수용자들을 좋은 방향으로 지향하는 교정의 목표가 이루어지는 세상이 되길 바란다. 수용자들의 발길을 비추고 생명의 삶이 되도록 마음의 기도를 바친다. 나는 대한민국의 교도관임이 자랑스럽다.

나를 아프게 하는
사람들 곁에서 서성이지 말자

모든 인간관계에도 상호관계가 있다. 좋은 인상과 마음으로 한쪽에서 견디면서 상대방의 무심함을 참고 견딘다. 기다리고 배려하면 상대방에서는 오히려 교만해진다. 무조건 참는 것이 해결 방식은 아니다. 결혼생활에서도 그러한 종속관계가 성립되기 쉽다. 자기 주장도 적당하게 하고 무조건 양보보다 의논하고 좋은 쪽으로 나아가자. 그것이 오히려 관심과 배려이며 승화 과정이다.

나의 실패기다. 처음에는 나의 이상과 진로가 아닌 생활이었다. 살면서 상대방에 대한 연약함을 이해하려 하고 사랑이란 이름으로 덮으려 했다. 서로 타협하며 살려고 했다. 그러나 썩은 고구마는 되살려지는 것이 아니었다. 때로 감자는 삭혀서 감자떡으로 이용하기도 한다. 내가 개성이 강하면 좋은 점은 살리고, 나쁜 점은 좋은 모형을 본받아 고치려 노력하면서 나의 장점을 살려야 한다.

하나님이 주신 개성을 다 버릴 수는 없다. 내 것에다 다른 위인이나 본받는 형상을 가미하면 좋지 않을까 하는 생각으로 성경도 보고 좋은 책을 점검하면서 '아하, 이것이야!' 하는 감탄이 나오면 체크하며 관리한다. 이렇게 사는 내가 좋다. 남편도 아들도 딸도 부럽지 않고 나는 나대로 할 수 있다는 생각을 하며 담담하다. 나의 가족도 남의 좋은 점을 받아들이고 독서나 노력하며 열린 마음을 갖게 기도한다.

무엇인가가 되고 싶다면
신념을 갖는 것이 그 첫걸음이다.
자! 신념을 갖자.
반드시 이루겠다는 신념을 갖자.
신념은 나의 사고에 생명을 주고 힘을 준다.
신념은 과학으로도 풀 수 없는 기적을 부른다.
신념은 나를 절망에서 끌어내 주는 마법의 약이다.
신념은 나의 고정관념을 파괴하는 다이너마이트다.
나는 이제 신념을 지녔다.
그러므로 무서운 것은 아무것도 없다.
우주의 모든 것은 내 편이다.

나폴레온 힐의 말이다. 이렇게 신념을 가지고서 남에게 휘둘리

기만 하면 안 된다. 내 인생만 망하는 것이 아니라 그 주위의 가족과 많은 단체의 사람들에게도 악영향을 끼친다. 최선을 다해서 정신 차리고 신념으로 일생을 나아간다. 나는 날마다 새로운 하루를 행복해하며 기쁘게 맞이한다. 오늘도 새벽 3시에 일어나서 책 쓰기에 매달렸다. 통 머리에 떠오르는 것이 없었다. 5시가 되었다. 교회에 가자! 우리 목사님의 선한 말씀과 성경을 읽고 기도드리자.

따뜻하게 챙겨 입고 밖으로 나왔다. 새벽 공기는 누구에게나 호락호락 곁을 주지 않는다. 차갑고 정신이 쏙 드는 칼칼한 새벽 내음은 마음을 차분하게 하고 몸을 자동적으로 움츠리며 부르르 떨게 한다. 익숙한 어둠과 밝고 빛이 있는 새벽 거리에는 부지런함이 보인다. 잠을 이긴 성실함과 근면함의 상징이 있다. 기쁜 마음으로 5분을 걸어 교회당 안의 십자가를 정면으로 바라보고 깊은 호흡을 하고 앉았다. 그 환한 밝음과 뭔지 모르는 안타까움을 가슴에 넣고 싶었다. 교회가 사람들로 차고 또 새벽 성가대원들이 자리한다. 준비가 되고 목사님이 오셨다.

나는 찬양을 좋아한다. 나도 모르게 두 손이 주님 앞으로 올라간다. 남이 보면 어색하고 이상할지 모르지만 나는 간절히 하나님을 열망한다. 가슴에서 뜨거움이 치솟고 새롭게 살고 싶은 강한 마음이 솟구친다. 오늘의 말씀은 이스라엘 민족의 광야에서의 생활에 대한 것이었다. 불평불만 하는 모습, 고기를 먹고 싶어 하는 장면이었다. 이 불평불만은 사람을 망하게 하는 지름길이라고 생각한다.

　주위를 돌아봐도 감사와 회개하며 노력할 것뿐이다. 이런 환경에서의 삶을 찬양하고 고마워할 것뿐인 지금 생활이다. 교도소에 근무하면서도 감사하고 살았다. 직업을 가지고 만족하며 수용자들과 울고 웃고 하면서 그 사람들이 용기를 가지고 삶을 씩씩하게 노력하는 모습에 감동하고 감사했다. 나는 이들보다 고마운 환경이니 힘을 내야 한다. 기쁘게 살아야 한다는 용기를 갖게 해주었다.

　지금은 난방이 들어오고, 수용시설 환경이 예전보다 나아져서 정말 감사하다. 뭐니 뭐니 해도 자유 없는 생활의 수용자가 제일 불쌍하다. 수용자는 죄를 회개하고 피해자와 화해하여 세상으로 나와서 땀 흘리고 또 기쁘게 살아야만 된다. 죄란 것은 생명을 앗아가는 죽음의 씨앗이다. 내 영혼을 죽이는 죄를 과감하게 털어내고 힘을 낼 수 있다. 이 까칠하면서 곁을 내주지 않으려는 소망의 자유로운 새벽 공기를 즐길 수 있어야 한다. 십자가를 바라보면서 자신의 죄를 하나님께 맡기고 짐을 내려놓고 시작해야 한다.

　"나의 나 된 것은 하나님의 은혜입니다. 그 사랑으로 기쁘고, 그 은혜로 오늘의 용기와 희망의 나날을 누립니다." 오늘도 이렇게 기쁨으로 찬양하며 하루를 시작하고 있다. 생명은 하나님의 것이고 천하보다도 귀하다. 여기저기서 듣지도 보지도 못한 분들의 자살 소식을 접할 때 눈물 나고 안타깝다. 내 생명은 내가 아끼자. "나는 천하보다 더 귀하다!"라고 외치자. 제발 죽을힘을 다해 좋은 책으로 옛 성인도 만나고 하나님도 만나자. 천하를 다 주어도 하루 연장을 못하는 우리 인생이다. 내가 가진 하루하루를 아끼고 진심으로 대하고 더 잘되게 노력하자. 때로는 욕을 먹을 수도 있다. 실수도 할 수 있다. 그러나 매일매일 주어지는 24시간이 우리를 움직이고 회복시키게 한다. 엄마로서, 아빠로서 내 생명을 참지 못하고 던지면 내 자녀, 동료는 던지지 말라는 법이 없어진다. 나부터 챙기고 소중히 여기자.

나는 화성에서 하루에 수용자 5명 정도와 상담하면서 "나는 당신이 천하보다 귀하고 소중하다."고 말했다. 사실이었다. 진심으로 그들이 내 소중한 이웃으로 손잡고 자유롭게 사는 그 모습이 소원

이고 희망이었다. 나는 오래오래 사람들이 다 잘되는 모습을 바라보고 싶다.

넬슨 만델라 대통령이나 김대중 대통령도 고난 후에 더 귀한 금자탑을 이루었다. 지금도 수용실에서 슬퍼하는 많은 분이 더 귀한 일을 해서 행복한 삶으로 이어 가리라고 생각하고 기도한다. 인생의 실패와 좌절을 딛고 새벽기도와 신념을 마음에 새긴다. 태어나서 어느 때보다도 기쁘고 행복한 삶을 누리고 있다. 실수도 되풀이하고 헤어나지 못하면 결국 그 나락으로 떨어지고 만다. 죄는 내 온몸의 오물이다. 생각하고 정결하고 소중한 새 삶이 되길 간절히 바란다.

이 세상에 완벽한 사람은 아무도 없다. 그 허물 많은 사람 중 하나가 나다. 나는 주위 사람과 만남을 이어오면서 시행착오나 실수를 많이 했다. 그러한 과정에서 내 잘못을 인정하고 고치면서 교훈을 얻었다. 삶이 힘겨울 때 010.9172.1343으로 조언을 요청하는 문자 메시지를 보내면 내가 축적해온 지혜와 행복을 나누어 주겠다. 인생은 서로 이해하며 더불어 살아가는 것이다. 흔들리지 않는 마음의 주인이 되어 더 기쁘게 살아갈 준비를 해 보자.

행복에 무뎌진
나를 발견하다

5

웃기 때문에 행복하다. 행복은 가까운 곳에 있다.
공자

직장에서 경직되고 절제된 생활을 하다가 퇴직 후 손녀를 돌보게 되면서 나는 새로운 삶의 기쁨을 찾게 되었다. 아기를 안고 마음속에서 솟아나는 샘물 같은 행복을 맛보았다. 건강한 노부부가 합심하여 손녀를 돌보는 좋은 계기가 되었다. 이 일을 시작으로 손자 한두 명은 키워주고, 새 생명의 온기를 맛보며 은퇴하고 싶었다.

어느 순간부터 날마다 웃을 수 있음을 발견했다. 행복은 눈이 높은 곳으로 향하여 비교하면 나의 초라함과 연약함을 안타까워한다. 야외에 나가서 땅을 딛고 서 있었다. 발밑에서 개미들이 자신의 집을 파괴했다고 거대한 성 같은 나의 발등을 오르며 항의의 신호탄을 보내고 있었다. 이런 미물도 열심히 살아내려 노력하는 모습에 감동했다. 나는 펄쩍 발을 들고 툴툴 털어내면서 "미안! 화났구나!" 하면서 비켜주었다.

차분히 눈앞의 펼쳐진 자연을 바라보자. 꽁꽁 언 땅에 아직도 덜 녹은 틈을 피하여 조심스럽게 초록 새싹이 내민다. 땅 위의 흙 냄새를 맡고 적응을 하느라 고개 숙이는 모습이 있다. 작은 씨앗 하나가 싹을 틔우고 고개를 밖으로 내밀려고 흙에다 얼마나 머리를 쿵쿵 찧었을까? 어느 작가가 날마다 원고를 쓰면서 생각이 막힐 때 책상에 머리를 수없이 쿵쿵 찧었다는 장면이 생각났다. 사람이나 동물이나 또 식물이나 자신의 앞이 암담하고 장애가 가로막을 때는 최선을 다하고 노력하는 것이다. 포기하지 않고 온몸으로 도전해서 길이 열린 것이다.

최근에 중국에서 생긴 일이다. 어느 부부가 아이 한 명을 양육하기가 벅찼다. 생각 끝에 커다란 가방에 아이를 넣어 사람이 오가는 길에 놓고 사라졌다. 얼마 후 아이는 스스로 지퍼를 열고 나왔다. 그 후 아이는 보육원에 맡겨졌다.

아이들도 두려움과 공포를 본능적으로 감지한다. 모르는 사람은 낯가림하며 공포를 울음으로 표현한다. 그 불행한 아이가 어른이 되어 사실을 알았을 때 얼마나 참담하고 마음이 아플까? 모든 어른이 다 성숙한 것이 아니다. 꼭 그런 방법밖에 없었을까? 어른으로서 아이에게 미안하였다.

화성 교도소에 근무할 때의 일이다. 어느 날 키는 늘씬하게 크고 단발머리를 한 트랜스젠더가 입소했다. 성 정체성으로 인해 남성이 수술하여 여성화되는 중이었다. 지금도 계속 병원에 다니면서 여성 호르몬으로 치료를 받고 있다고 했다. 얼굴은 예쁜 여잔데 목소리나 태도는 거만한 남자였다. 신입으로 들어오는 날에는 옷을 갈아입히고, 교육과 서류 작성까지 많은 일이 있다. 그날 밤 당직 여직원은 고생하며 서류 작성까지 잘 해놓았다.

그 트랜스젠더는 수용 중에도 주기적으로 외부병원에 가서 치료를 받았다. 다른 곳은 감출 수 있는데 턱수염이 계속 자랐다. 처음에는 마스크를 쓰다가 남자 수용자 이발관에서 면도기를 가져다주고 본인이 깎았다. 그녀는 입소하기 전 조사 중에 인권위원회에 본인이 제소해놓고 들어왔다. 그녀는 직원들에게 공손하지 않았기에 그녀에 비해 어린 여직원이 혼자 계호하는 것이 걱정되었다. 간혹 교정 공무원에게 수용자가 위협이 될 수도 있다. 여전히 우리 눈에는 여자로 보이지 않고 불안한 남자로만 생각되었다. 걱정과 우려 속에 시간이 무난하게 지나서 다행스럽게 생각했다.

세상 사람들이 이처럼 다양하게 모여서 수용생활을 하게 되니 갈수록 연구하고 세심해야 한다고 생각했다. 누구나 다 소중한 사람이지만 다방면이라, 생각할 부분이 많았고 조심스러웠다. 그 사람들은 본인들의 마음과 가정으로 많은 고생을 겪은 사람이다. 좀더 조심스럽게 사회적으로 소리 없이 적응해 가면서 행복을 찾고 질서가 잡히면 좋겠다.

그 수용자가 인권위원회에 제소한 것도 별다른 혐의 없이 끝났다. 살아오는 동안 성 정체성으로 고난과 아픔을 겪었을 것이다. 이들도 하나님의 뜻에 비추어 숨 쉬고 살아가면서 생명의 기쁨을 감사하며 환경에 적응하려고 노력하고 있다. 그중에도 잘 적응해 나가는 모습을 보이는 젠더 수용자는 훨씬 정이 갔다.

수용자들 중에도 계획을 세우고 실천하는 사람들이 있다. 예를 들면 책 100권 읽기, 성경 필사하기, 다이어트하기 등의 계획안을 가지고 생활한다. 나는 그들뿐만 아니라 많은 수용자들이 도서 등을 벗 삼아 그것을 잘 활용하기를 바랐다. 독서를 통해 소중하고 귀한 품성으로 거듭나는 변화가 생기길 바랄 뿐이다. 교도관으로서 바라는 것은 수용자들이 잘못을 인정하고 회개하며 조심스럽게 사회에 적응하면서 행복하게 살아가는 것이다. 나는 우리나라가 하룻밤이라도 범죄 없는 나라가 되기를 소원한다.

나는 직장에 다니며 집안일도 하느라 종일 허리 펼 시간이 없어도 행복했다. 어릴 때부터 워낙 바쁘고 힘들게 살았기 때문에 작은 일 하나에도 행복을 느낄 수 있었다. 하다못해 서울에 올라오니까, 시골보다는 생활환경이 힘들지 않아서 좋았다.

교도관 생활도 좋았다. 수용자가 안정적인 생활을 하는 것이 좋았다. 개인적으로 제일 가슴 아픈 일은 아버지가 시골 힘든 농사일로 결국 암이 재발된 후 돌아가신 일이었다. 가정에서 어려운 일이 있지만 누구에게나 완벽한 삶은 없다고 생각했다. 서서히 물줄기를 안정적으로 조정하며 내 인생의 바다까지 도착하는 것이 목표라고 생각했다. 이 과정에 나는 항상 행복했다. 수용자들은 이곳에서 죄를 씻고 회개하며 돌아가면 된다고 생각했다.

교도소에서 가슴 아픈 장면을 목격한 적도 있다. 한 수용자가 낳은 지 2주 된 아기와 함께 들어왔다. 추운 겨울이라 아기를 위해 이불 등을 신경 써 주었다. 아기는 밤마다 자주 울었다. 담당인 나도 따라 울고 싶었다. 야간 근무를 마치고 아침에 퇴근하면서 선배에게 아기를 잘 봐달라고 부탁했다. 선배는 아기가 감기에 걸린 듯해 병원으로 데리고 갔다고 했다. 하지만 며칠 후 아기는 결국 폐렴으로 죽었다. 나는 아기에게 너무 미안했다. 내가 잘 돌봐주지 못해 그렇게 된 것 같았다.

그 이후 수용자가 데리고 오는 아이들에게 옷이나 장난감을 사서 들려주며 나의 마음을 달랬다. 엄마와 같이 수용시설에서 지내는 아이들에게 축복과 은혜가 함께하길 간절히 기도한다. 갇힌 자이기에 안타까운 수용자들이 더욱 힘쓰고 정진하여 새날의 일꾼이 되기를 바란다.

미래가 아니라
오늘을 위해 살자

6

나는 미래를 위해 생각하는 법이 없다. 어차피 곧 닥칠 테니까.
알베르트 아인슈타인

오늘은 소중하게 집중해야 하는 최고의 시점이다. 돋보기로 초점을 맞추듯 온몸과 시선을 맞추자. 어제도, 내일도 아닌 오직 오늘 이 순간에. 그 24시간에 전력을 다하자. 사랑하는 이 순간을 최대한 보람 있게 최선으로 맞이하고 복되게 사용하자.

어느 여름날, 폭포가 있는 용추사에 J와 S, H 그리고 A와 함께 놀러 갔다. 높이가 상당한 폭포에서 물줄기가 하얗게 부서지며 시원하게 내리쏟았다. 나는 그때 그중 한 총각을 마음에 두고 있었다. 너무 두렵고 자신이 없어서 말도 못했다. 처음으로 같이 놀러 갔고 한 달 후에 나는 서울로 올라왔다. 그것으로 영영 이별이 되었다.

과거의 일이다. 아무리 좋아했거나 기쁜 일이 있었거나 굉장한 비밀이 있었어도 과거는 흘러간다. 강물이 되돌아오지 않는 것처럼 그 마음이나 사랑이 유지되는 것도 아니다. 단지 내가 순수하게 다른 사람을 좋아하고 사랑했던 감정은 굉장하고 기특한 마음이었다. 뭐라고 해도 사랑이란 인간을 따뜻하게 만들고 추억에 사로잡히게도 했다.

어릴 때의 추억이다. 마음에 담았던 소중한 추억은 글이 되고 책이 되고 인생의 한때가 되었다. 그들은 각자 자기 분야에서 성공하여 잘 살고 있는 따뜻한 나의 고향 친구다.

작년에 딸이 집을 사려고 마음먹었다. 돈이 많지 않아서 전세 끼고 사두었다가 돈 모아서 입주한다고 했다. 나는 집을 사두면 나중에 생활에 도움이 될 것이라고 적극 응원만 했다. 마음의 결정을 하고 같이 집을 보러 부동산에 갔다.

나는 평소에 책을 좋아했지만 부동산 관련 책은 많이 읽지 않았다. 딸은 생각한 다음 날 부동산에 관한 책을 열 권 읽고 나왔다. 그렇게 노력한 그녀는 제대로 마음에 드는 집을 선택했고 집을 가지게 되었다. 보기 좋은 모습이었다. 우리 생활과 독서는 떼려야 뗄 수 없는 긴밀한 관계라고 볼 수 있다. 본인이 노력해서 지식을 가진 상태에서 주위 사람들의 의견을 참작하는 방법이 좋았다.

과거를 바탕으로 현재를 살게 된다. 여기에서 미래가 창출된다. 이 모든 가지고 있는 상태의 현재를 사랑하자. 과거의 추억이나 좋은 결과나 모든 것이 합력하여 선을 이루는 시점이 현재이다. 나는 사랑스러운 추억을 바탕으로 오늘의 생활도 현재의 가족과 친구들과도 예쁜 생활을 만들었다. 딸도 멀리 떨어져 있는 회사 근처로 이사를 하려는 계획을 하고 있다. 과거의 소중한 기억이나 물질들이 현재에 도움을 주어 새로운 계획을 세우기도 하면서 생활은 발전된다.

모든 일은 현재를 중점으로 최선의 결과를 얻어 미래를 이루게 되는 시간의 법칙이다. 과거를 가지고 올 수도 없고 미래를 당길 수도 없다. 그렇지만 과거나 미래를 지혜롭고 잘 살피고 계획에 맞아 제일 나은 선택을 현재에 결정짓고 나아가는 것이다. 지혜로운 현재의 선택을 하는 길은 책과 경험과 성실한 생활이 합력하여 선을 이룰 것이다.

모든 인간관계에도 상호관계가 있다. 부부 사이에도 좋은 인상과 마음으로 한쪽에서만 참고 인내한다는 것. 그것은 상대방의 무심함을 참고 노력하는 배려가 습관화된다. 상대방에서는 오히려 당연하게 생각하고 교만해지며 불평등한 관계가 된다. 무조건 참는 것이 해결 방식이 아니다. 결혼생활에서도 습관성 종속관계가 성립되기 쉽다. 자기주장도 적당하게 하고 무조건 양보보다 의논하고 타협하자. 그것이 오히려 관심과 배려이다. 결과적으로 공유하며 즐겁게 유지하는 방법이 된다.

나는 독서 그룹에 가입하여 많은 책과 깊숙이 공감하며 의식 확장으로 연결됨을 확인했다. 잔잔한 근심과 짜증, 스트레스를 날려버리게 되었다. "어머! 그것 별거 아니네! 이 좋은 시간을 내가 왜 깊이 헤맸지?" 이렇게 정리가 되는 생활이었다. 내가 경험한 욕구불만의 일종이 있었다. 항상 북적북적 사람들이 많은 곳에 살았다. 직장에서 퇴근하고 휴식하며 피로를 풀고 대화하는 방법이 어려웠다. 가슴 한쪽이 빈 것처럼 공허했었다. 그때 손녀를 돌봐주게 되면서 아이를 중심으로 딸과 사위와의 대화에 공통의 화제가 생겨 새롭게 공감대를 형성할 수 있었다. 더불어 웃을 일이 많이 생겼다. 역시 웃음은 명약이다.

지인 부부에 관한 이야기다. 남편은 집에서 별다른 말은 잘 안 하는데 유독 같은 사무실에서 일하는 50세 여성에 대해 이야기하는 일이 잦았다고 한다. 아내는 자신과 비슷한 나이의 여직원이 안타까웠고 더불어 '나를 빗대어 저렇게 말하는 건가?' 하는 의구심이 일어났다. 아내는 남편에게 그 직원에 대해 그만 이야기하고 미워하는 것도 하지 말라고 종종 말했지만 나중에는 포기했다고 한다.

그 이후부터 아내는 남편에게 약간 거리를 두고 자기 일에만 신경 쓰는 생활을 하였다. 남편은 그녀와의 대화에서 전혀 나아진 점이 없었다. 아내는 필요 이상으로 관심을 가지고 대하면 서로 불편할 것 같아 어느 정도 거리를 두고 늦었지만 이제라도 자신만의 인생을 개척할 준비를 했다. 그때부터 자신의 서재를 장만하여 그곳에서 보내는 시간이 점점 늘어났다. 그녀는 생각 이상으로 만족을 느꼈다고 말했다. 주로 서재에서 책과 대화하고 자신의 진로와 노후를 보람 있게 설계하면서 자투리 시간을 건강하게 보내고 있다고 행복해했다.

나는 이 이야기를 들은 뒤 나의 인생에도 적용할 수 있는 좋은 방법이라 생각하고 실천에 옮겼다. 그녀와 도서관에서 만나 자판기 커피라도 한 잔씩 나누며 독서 목록도 공유하고, 노후에 좋은 친구 관계를 유지하기로 의논했다. 그녀와의 평안하고 자유로운 관계가 좋았다. 하나님의 은혜로 이 소중한 지구별에 태어나서 감사하고 평안한 삶이 날마다 즐거워지고 있었다.

이렇게 현재의 생활을 즐기며 간간이 과거를 거슬러 보고 추억담으로 웃고 생각에 잠겨보기도 한다. 현재의 생활에서 내가 중심이 되어 당당하게 나아간다는 자부심과 긍지가 생겼다.

　시골 동네에 살던 어느 할머니의 젊은 시절 일이 생각난다. 할
머니의 남편은 홀로 서울 생활을 하다가 작은댁을 봤다. 시어머니
는 할머니에게 시집살이를 가혹하게 시키셨다. 그 남편이 혼자 서
울로 간 이유도 자신의 어머니와 의견 충돌이 잦아서라고 했다. 작
은아들과는 사이가 좋았는데 큰아들하고는 안 좋았다고 한다. 할
머니가 당신도 남편 따라 올라간다고 하니 시어머니가 혼자 밥을
못해 먹어서 안 된다고 며느리를 붙잡아두고 돌아가실 때까지 구
박했다는 전설 같은 얘기였다.
　옛날에 태어나지 않아서 감사하고 이렇게 평안해서 감사하다.
내 주위의 모든 사람이 나처럼 이렇게 행복하고 감사하게 지내길
바란다.

참 열심히도
살았다

　우리 집의 가훈은 '화목'이다. 화목한 가운데 이상은 '명문 가정 이루기'라는 제목이다. 지금도 진행 중이다. 이제 1남 1녀의 자녀들은 또 이상을 이어 부부가 머리를 맞대고 의논하여 그 길로 나아가고 있다. 큰손자는 내후년에 초등학교 입학을 할 것이다. 내가 돌보는 손녀는 세 살이다. 나의 꿈이 이렇게 진행되고 있는 제일 큰 공로가 교도관이라는 직업의 안정성과 여유 있는 비번이었다. 지금은 예전보다 훨씬 좋아졌다. 나는 다시 태어나도 교도관이 되고 싶다.

　수용자들 중에는 시작부터 잘못된 사람도 있고 철없이 무분별한 생활을 했거나 아니면 열심히 해도 안 된 사람도 있다. 한 맺힌 인생과 또 잘못을 뉘우치는 모습에서 사랑을 느끼며 손길이 간다.

　이곳에서 첫 번째로 많이 하는 것은 독서다. 책 속에 진리가 있고 회복이 있다. 자의식과 자존감을 회복해야 한다. 나 역시 교도관에 대한 선입견으로 세파에 시달렸다. 좋은 해결책이 없나 골똘히 생각하였다.

둘째로 신앙을 많이 갖는다. 선한 신앙 안에서 선입견을 버리고, 사람들을 진실하게 대하며 인생을 사노라면 은혜에 젖어 인생 성공을 이루리라.

세 번째는 사랑이다. 부모가 자식을 사랑하듯이 업무로 마주치는 수용자와 직원 간에 인과관계를 만들고 사랑하며 근무하겠다는 각오를 했다. 내가 교도관이 되어 집을 떠나올 때 아버지는 "동네 친척 아주머니 대하듯이 해라."라고 신신당부를 하셨다. 나에게는 이 세 가지의 원칙이 가슴에 새겨져 있었다.

나는 열심히 교회에 다녔으며, 휴식 시간에는 좋은 책을 읽으면서 헛되이 보내지 않았다. 그러나 '사랑'은 제일 힘든 부분이었다. 어떤 때는 '마음의 감기'를 심하게 앓고 있는 수용자가 동료를 괴롭히는 모습을 보고 화가 나서 사람들 앞에서 공개적으로 몰아세우며 혼을 내기도 했다. 그 수용자는 분을 못 이겨 내가 퇴근하자마자 창밖을 향하여 악을 써대 사람들을 잠도 못 자게 했다. 한 사람이 난동을 부리고 시끄럽게 하면 그 사동은 물론 온 여사가 시끄러웠다.

다음 날 그 수용자와 상담하기 위해 옆자리에 앉았다. 그런데 내가 앉자마자 수용자가 내 뺨을 탁 쳤다. 별이 번쩍 났다. 얼떨떨

했다. 나는 화를 가라앉히고 "사람이 왜 그래요? 내가 미워서 사람들 앞에서 혼냈겠어요? 정신 차리라고 혼내는 것이지. 앞으로 이런 행동은 용서하지 않을 겁니다."라고 경고했다. 그리고 "오늘은 그쪽이 워낙 화가 나 분별을 잃었다고 여길 테니까, 동료들과 생활 잘해요. 약도 잘 먹고."라고 하자 수용자는 눈물을 글썽거리며 고개를 숙였다. 그렇게 잘 타일러 수용실로 보냈다. 수용자는 그때부터 재판받고 집에 갈 때까지 동료들과 잘 지내다 헤어졌다.

뺨을 맞는 순간 아찔했지만 그때 갑자기 수용자를 향한 부모 같은 마음이 생겼다. '이 사람이 이렇지 않으면 왜 여기에 있겠는가?'라고. 이것이 바로 그들의 아픔인 것이다. 이 우발적인 사건으로 순간적인 창피와 아픔이 이 사람의 새 힘이 되면 좋겠다는 마음이 간절했다.

그다음부터 책을 챙겨 읽으며 그들의 마음을 알아주고 죄를 반성하는 데 도움이 되는 사람이 되고 싶었다. 그러기 위해서는 마음을 들여다보는 기술이 필요했다. 그러면서 사람들을 조금씩 알게 되었고 그들의 아픔에 남다른 관심이 갔다.

그때부터 나는 교도관으로 노력하여 교정 작가가 되어야겠다고 생각했다. 언제 어디서나 책을 읽었다. 퇴근해서는 피곤해도 항상 책을 챙겨 읽고 여행 가도 신경을 썼다. 틈틈이 교도관들이 보는 월간지에 투고도 했다. 나는 모든 교도관이 책을 쓰는 작가가 되면 좋겠다고 생각한다. 작가로서 품격과 존경을 더하는 눈길이 생겨 좋을 것이다.

나는 교도관이라는 직업을 사랑한다. 일을 하며 항상 행복했다. 나는 조그마한 것에서도 행복을 찾고 그것에 감사할 줄 아는 성격이다.

나는 항상 현실감 있게 수용자를 바라보며 동료와 인수인계하였다. 그 과정에 나랑 뜻이 안 맞아 반격이 들어오면 나중에 조용히 생각한다. 그 동료가 그 외에 얼마나 좋은 점이 많았었나를. 그러면 밉지 않고 이해하게 된다.

나의 행복을 찾았다. 이제부터 여유 있는 낡음에 가끔 여행도 다녀오겠다. 여행 다녀와서는 웬만하면 책을 쓸 것이다. 아니면 메모로 남겨서 그 장면을 책에 묘사할 것이다. 하나님에 대한 사랑은 여전히 믿음으로 감사하고, 주 안에서 행할 것이다. 나와 인연을 맺은 수용자와 동료 교도관들은 항상 사랑하며 행복한 사람이 되도록 기도할 것이다. 아울러 나의 사랑하는 대한민국이 세계 최강국으로 부각되도록 기도할 것이다.

책 속으로의
여행을 시작하다

하루해가 저무는데 오히려 노을은 아름답고, 한 해가 장차 저물려고 하는데
새로이 귤이 꽃다운 향기를 뿜는다. 만년에 다시금 정신을 백배로 갈고 닦아야 한다.

장자

    나이 오십이 넘어 나는 책 나라로 여행을 떠났다. 조그만 오솔
길 아래 자리한 송파도서관이었다. 맑은 솔내음이 솔솔 풍겨오는
햇살 아래서 이뤄졌다. 새로 단장한 아름다운 창가에서 눈이 부셔
서 블라인드를 살짝 드리웠다.

    아침에 손녀를 어린이집에 데려다주고 왔다. 몇 달 전만 해도
눈에 눈물이 맺히고 선생님의 손을 잡고 들어갔었다. 그러던 손녀
가 이제는 신나게 뛰어 들어간다. 어딘지 허전한 기분이 되어 나왔
다. 도서관으로 가자. 오래전에 눈에 익은 도서관이었다. 직장인 성
동구치소와 가까이 위치해서 가끔 옛 동료들을 만나기도 했다.

    인문학으로 한번 가볼까 하며 마음의 운전대를 공자, 맹자, 순
자의 책이 있는 곳으로 돌렸다. 어려운 환경에서 꾸준히 이어가는
학문의 길을 보았다. 중국에서도 자신보다 더 월등한 사람은 견제

하여 공자는 채용되지 못했다. 이 순간에 도서관으로 와서 여유 있는 내가 대견했다.

이뿐만 아니라 《삼국유사》를 지은 일연 스님과 다산 정약용 등 읽고 써야 할 것이 봇물 터지듯 밀려오는 오는 책의 물결에 환희와 감탄을 보냈다. 선조들께서 어려운 중에 이렇게 책을 써주셔서 누리고 있다. 그분들에 비해 점같이 작은 존재지만 이 귀한 선인들의 부름에 응답하고 싶었다.

퇴직한 지 3년이 지났건만 아직도 온통 교도관으로 만물을 맞춰본다. 교도소 내부의 사정과 하나님의 섭리를 생각했다. 본회퍼 목사는 옥중서신을 통해 히틀러를 "운전대를 폭주자에게 맡긴 형상"이라고 표현했다. 빨리 빼앗아 버렸으면 유대인의 희생이 없었을 것이다. 번회퍼 목사는 결국 히틀러가 죽기 얼마 전에 그의 명령으로 총살당했다. 얼마 후 독일은 패망하고 히틀러는 자살했다. 본회퍼 목사의 죽음은 전 세계의 평화를 위한 죽음이자 걸음이었다. 하나님이 주신 소중한 목숨을 진정으로 바친 것이다. 그 이전에 모든 사람은 누구든지 귀한 목숨을 사랑하고 보호해야 한다.

교도관이 수용자의 목숨을 사랑하고 보호하듯이 해야 하겠다. 천하보다도 귀한 목숨이다. 어려울 때는 서로 도와주고 위로하자. 그 보답은 하나님께서 갚아 주신다는 뜻의 책을 쓰고 있다. 나는 왜 수용자를 사랑하고 귀하게 여기는가? 하나님이 사랑하셨고 우리를 위해 목숨까지 바치셨다. 하나님은 왜 시골 산속 마을 아이를 서울로 불러서 교도관을 시키셨을까? 그것은 하나님의 뜻이라고 생각했다.

나는 살면서 많은 경험을 했다. 그중 좋은 습관은 어려서부터 책을 계속 꾸준히 읽어 온 것이다. 나는 이제부터 책을 꾸준히 오래 힘껏 쓰고 싶다. 부디 넓고 힘들어 생명을 포기하지 않고 책 쓰기로 바꿔보면 좋겠다는 뜻이다.

공자는 진나라와 채나라에 잡혀서 곤경을 당했다. 그 후에 책을 써서 뜻을 남겨야겠다고 생각 끝에 《춘추》를 썼다. 《사기》를 쓴 사마천도 아는 사람을 변호해 주다가 궁형(생식기를 잘라내는 형벌)을 당했다. 그러한 와중에도 저술을 계속하여 그 유명한 《사기》를 완성해냈다. 아버지의 유언을 받든 그는 영원히 책으로 살아있다. 다산 정약용도 귀양 가서 수많은 저서를 쓰는 업적을 이루었다. 책을 써서 자기 뜻을 알리고 모든 것을 걸었으며 생명보다 더 귀한 뜻을 책으로 펼쳤다.

자살하여 아까운 목숨 버리지 말고 죽을힘을 다해 나의 기술과 꼭 그래야만 하는 이유를 쓰다 보면 길이 열린다. 원수나 원한이나 수치 등이 사라지고 내가 낮아진다. 나 같은 사람들을 위해서 참고 노력하고 그 답장, 곧 책을 남겨서 나란히 다시 시작하는 힘이 되고 국민에게도 새겨 볼 수 있게 하자.

부모는 자녀들이 계속 지켜보고 바라보게 해주는 언덕 역할을 해야 한다. 인구수가 점점 줄어들고, 다문화와 여러 나라 국민이 점점 익숙해지고 있는 이때 건강한 장수의 꿈을 품자. 지금까지는 나를 위해 살았지만, 어려울수록 나라의 국민으로서 어려움을 보완해주는 지침이 되리라고 결심하고 살자.

나의 아버지는 육십이 되기 직전에 암으로 돌아가셨다. 그때부터 나는 60대가 되면 어떤 모습일까를 생각했다. 사회에 도움이 되고 사랑을 보태면서 살아야겠다고 결심했다. 50대부터 숭실사이버 대학교 문예창작학과를 준비해서 마쳤다. 하나님의 은혜로 택해주신 이 직장 생활에서 순종하였다. 수용자들이 아름다운 국민으로

서 사회에 발을 힘차게 내딛는 삶에 도움이 되고 싶었다. 도서관에 가서 본회퍼 목사의 옥중서신과 넬슨 만델라 대통령의 책을 읽었다. 이렇게 나는 책을 쓰려고 발길로 찾았고 책으로의 여행이 계속되었다. 주위에서도 도움을 받았다.

처음에는 책을 쓴다는 것이 넓은 바다에서 보물을 찾는 것처럼 막막했다. 도서관과 아파트 내 북카페에서 길잡이가 되어줄 만한 책을 찾아 나섰다. 그렇게 1년간 많은 책을 만나봤지만 크게 도움이 되지는 않았다. 그러다 우연히 한책협 김태광 대표 코치의 책을 만나게 되었다.

김태광 대표 코치는 보통 사람들은 상상도 못할 어려움과 시련을 이겨내고 책 쓰기 코치의 선두로 우뚝 섰다. 그는 오랜 시간 경험하며 쌓아온 지식과 노하우로 900여 명이 넘는 사람들을 작가로 이끌어 성공의 지름길로 안내해 주었다. 나 또한 한책협에서 그의 가르침을 통해 이렇게 작가로 다시 태어나게 되었다. 그의 생생한 코칭을 만나게 된 것이야말로 하나님의 인도하심이라 믿는다. 이 책을 탈고한 뒤에도 다음 책으로 그의 가르침을 계속 연결해나갈 것이다. 시작이 반이라 했으니, 그다음 단계를 향해 새로운 신고식과 전진을 하며 최선을 다할 생각이다.

대한민국은 아직도 귀한 기회가 있는 나라다. 누구에게나 균등하게 열려있던 사법시험도 폐지되었다. 이젠 책 쓰기로 가야 한다.

자신의 경험과 전문 분야에서 3권만 꾹 참고 펼쳐라. 책을 쓰면 작가로 인정받을 뿐만 아니라 메신저나 코치로 활약할 수도 있다. 사범시험을 준비하는 것보다 돈과 시간을 절약할 수 있다. 책은 읽고 아는 것만큼 이익이다. 책을 읽으면서 좋아진 뇌가 기억하였다가 언젠가는 적시에 튀어나와 자리를 채워준다.

내게 목숨이 있고 펜을 움직일 힘만 있다면 100세 철학자 김형석 교수처럼 아름답게 살아갈 것이다. 내 인생의 1순위는 끝까지 책 쓰기가 될 것이다. 배움이 더디고 미약하지만 천천히 한 번, 두 번씩 더 실천할 것이다. 요즘은 집에서, 도서관에서 떠나는 책 속으로의 여행의 묘미가 말할 수 없이 즐겁고 행복하다. 내가 이처럼 행복하게 살 수 있는 것은 바로 책이다.

사회생활로 동분서주 뛰어다닐 적에 나는 남들에게 밀려나고 쉬운 사람으로 인정을 받지 못했다. 나는 진심으로 상대방을 사랑하고 아껴줘도 상대방과 의견 일치가 안 되었다. 내 마음뿐이었다. 이제는 다르다. 나의 제일 큰 스승인 책이 나의 곁에 있고 또 가는 길을 택하고 싶은 일은 코칭받으면서 하루하루 책을 써나간다. 나의 삶에서 최고의 순간이며 주위 사람들에게 도움을 주는 생활이 되고 싶다.

수학, 영어 과외학원이 있듯이 책 쓰기도 마찬가지다. 나는 좀 늦은 시기에 시작했지만, 아무 때나 도전해도 지나치게 빠른 법은 없다. 그전에 수시로 책을 읽고 요점을 메모하고 작가의 훌륭한 생각이나 표현법을 내 것과 합쳐서 새 창작물을 만드는 것이 중요하다. 책을 쓴다는 것은 옷장에 옷을 준비해두거나 통장에 돈을 저축해두는 것과 같다. 책을 쓸 때 아름다운 옷을 입은 듯이 예쁜 문장으로 장식해주고 매끄럽게 흘러가도록 공을 들인다.

나는 50대지만 책 쓰기 열정은 젊은 사람에게 밀리지 않는다. 그럼에도 불구하고 많은 부족함과 연약함이 있다. 하지만 더욱 열심히 소중하게 작가로 날마다 전진하고 우뚝 서고 있다.

나이 듦에도
선행 학습이 필요하다

마음은 언제나 비워 두어야 한다. 비어 있어야만 옳은 뜻과 이치가 찾아와 산다.
마음은 늘 가득 차 있지 않으면 안 된다. 가득 차 있어야만 물욕이 들어오지 못한다.
《채근담》 중에서

주말에 동생 부부와 남이섬에 다녀왔다. 남이섬을 3번이나 다녀왔으면서 어떤 곳인지는 제대로 알지 못했다. 그저 유자광의 역모로 처참하게 돌아가신 남이 장군의 묘가 있는 곳이라는 정도였다. 남이섬은 청평댐이 생기면서 산이 물에 잠겨 남은 부분이라고 한다.

역사책을 유난히 열심히 읽던 초등학생 시절의 나는 남이 장군에 대한 글을 읽으며 안타까워 참지 못하고 울었다. 사람들은 왜 잘나고 멋있으면 끌어내리고 중상모략을 할까? 그 곁에서 큰일을 하게 도와주면 좋을 텐데 말이다. 남이 장군은 20대 약관의 나이에 북방의 여진족을 물리치고 중상모략을 당해 죽었다. 페르시아를 정복한 알렉산더 대왕도 32세의 나이에 열병으로 죽었다. 그때 유자광이 죽고 남이 장군이 살아서 조선을 지켰다면 알렉산더 대

왕에 못지않을 호걸이었을 것이라는 생각을 해본다.

사랑하는 우리나라 대한민국이 이름답게 잘 살아가려면 서로 돕는 협치만이 살길이다. 주위에 큰 나라가 서로 이권을 가지고 힘들게 갈등하고 있는데, 그럴수록 우리는 뛰어난 의견을 모으고 나라의 번영과 평화를 위해 힘을 합쳐야 한다.

남이 잘돼야 나도 잘되는 것이라고 생각한다. 나는 살아오면서 동생들을 먼저 생각하고, 그들이 먼저 잘 살아야 나도 마음 편히 살 수 있다는 것을 깨달았다. 나는 새벽마다 교회에 가서 기도했다. 동생들이 나보다 더 잘 살게 해달라고 했다. 나는 어떻게든지 잘 살 자신이 있었다. 하나님의 도움으로 기도하는 것마다 다 이루어졌다. 여동생들 공무원 합격, 남동생들 공사 합격 후에 나는 분당으로 이사를 하여 내 아이들을 기도하며 키웠다. 하나님께서는 나에게 자신보다 주위 사람들을 키우는 능력을 주셨다. 항상 영광드리며 감사한다.

직장에서도 능력 있는 사람들이 먼저 승진하면 나는 뒤로 빠지고 그들 먼저 공부해서 성공하라고 격려했다. 다른 사람들은 남이 더 많이 공부할까 봐 눈에 불을 켜고 보는데 나는 진심으로 응원했다. 가만히 계산해 보았더니 같이 근무하는 직원들이 많이 승진하여 행복했다. 잘되는 것은 진심으로 손뼉을 쳤고 아닌 것은 아니라고 생각하고 피했다. 그렇지만 누구든지 미워하지 않았다. 내가 그들이 잘되기를 기도한 것은 하나님이 아신다. 남이 잘되는 것을 진심으로 좋아하면 나에게도 기회가 온다.

　P 선배는 부부 공무원으로 알뜰살뜰 잘 살았다. 그들 부부에게
는 아들이 하나 있었는데 맞벌이라 바쁘다 보니 아직 결혼하지 않
은 선배의 여동생이 대신 키워 주었다. 선배는 다른 것은 다 아껴
도 아들을 위한 것은 최고로 신경 썼다. 여동생도 최선을 다하여
조카를 사랑으로 키웠다. 장성한 아들은 미국에서 공무원으로 근
무하면서 믿음 좋은 부인과 행복하게 두 아이를 잘 키우고 있다고
한다. 나는 선배가 아들이 똑똑하고 공부를 열심히 한다고 자랑할
때 정말 좋아했다. 내 일도 아닌데 왜 좋아했을까?
　부모와 떨어져 있어 환경이 좋지 않은 아이들은 집중력이 떨어
진다고들 말한다. 심지어 워킹맘의 아이들은 자유분방하니 친구로
사귀지 말라는 이야기도 한단다. 내가 보기에는 오히려 그 아이들
이 자립심이 강하며 사회생활을 적극적으로 잘하는 편이다.
　P 선배의 아들이 공부를 잘하고 있으니 나는 방법을 눈여겨보
고 또 물었다. "언니. 아들을 어떻게 챙겨 주세요?"라고 묻자 그녀
는 "나는 잘 모르지. 내 동생이 다 알아서 확인하고 학교 갈 일은
챙겨서 가고 잘해줘서 그래."라고 답했다. 나는 "참 다행이네요."라
며 웃었다. 우리 아들도 신경을 써야겠다고 생각했다. 결론은 주위
에 뭐든지 긍정적인 방면으로 잘하는 사람이 있으면 배워야 한다
는 것이다. 좋아하고 칭찬하면서 이야기하고 배운다.

그렇게 한 결과는 좀 더 좋은 방향으로 갈 수 있었다. 자기 집에 맞는 사정과 방향으로 긍정적으로 자녀와 소통하면서 진행할 수 있기 때문이다. 그 선배의 가정으로 인해 우리 집과 나의 주위에 대화하며 관심이 있는 직원들은 자녀들이 실족하지 않고 무난하게 자랐다. 그 부모들의 직장 근무 능력도 좋았다.

학군도 마찬가지다. 강남 8학군 하면 유명하다. 부모와 자녀가 의기 상통하여 노력하니까 그 주변이 따라가듯이 직장이나 다른 집단도 마찬가지다. 긍정적으로 잘하는 것을 선하게 칭찬하고 좋아한다면 축복의 신이 손을 잡아줄 것이다. 나는 다른 사람들의 기쁨을 내 일처럼 기뻐한다. 진심으로 좋다. 나는 좋은 것은 어린애한테도 묻고 배우려고 노력한다. 그때 감정적으로 안 좋은 마음이 생기면 그 사람에게는 그런 기회가 날아가 버리고 오지 않는다.

나이 들수록 자신에 맞게 선행 학습을 해야 한다. 다른 사람에게 물어보기가 어려우면 주위에 좋은 책이 있으니 도서관이나 서점에 가서 만나 보자. 좋은 책으로 많은 것을 배워서 행복하게 살아가자. 주위의 어르신이나 선배들의 반듯한 모습은 눈여겨보고 배우려고 애쓰자.

지금은 세계를 이웃으로 여기고 살아가는 글로벌한 세상이다. 다문화 국가 시대에 많은 민족과 생활하면서 그들을 따뜻이 대하고 어울려 살아가자. 우리나라 사람들은 인정이 있고 친해지기 쉽다고 한다. 친구를 바라보는 시야도 넓게 가져야겠다.

나는 이번 여행을 계기로 좀 더 눈을 크게 뜨게 되었다. 생활하면서 내 이웃에게도 관심을 가지고 웃는 얼굴로 인사도 반갑게 하자. 역사적으로 우리나라는 오랫동안 일본을 도와주고 보살폈다. 이웃을 도우며 침략 없이 살아온 선한 국가다. 앞으로도 점점 부강해져서 세계평화에 이바지하는 귀한 국가로 거듭날 것이다.

그에 비교해 일본은 반대이다. 남의 나라를 침략하고 이웃을 괴롭힌 나쁜 이웃이다. "용서는 하되 과거를 잊지 말자."라는 유명한 말을 새겨서 지침으로 정립하자. 하나님을 두려워할 줄 알고 선하게 살아온 우리나라가 하나님의 축복을 받을 것은 확실하다. 대한민국의 국민이 굳건하게 서서 세계평화와 행복에 많은 도움을 주는 일꾼이 되길 소망한다.

당신은 생각보다 괜찮은 사람이다

벼슬자리에 있으면서 백성을 자식같이 사랑하지 않는다면
관복을 입은 도둑에 지나지 않는다.
《채근담》 중에서

나는 내가 좋다. 나를 태어나게 해주신 부모님을 사랑한다. 지금까지 부모 밑에서 꿋꿋하게 잘 자라준 이 형제들이 나의 동료이자 제일 많이 공감하면서 살 수 있는 가까운 사람이라는 점이 좋다. 어려운 환경 중에도 꾸준히 독서를 하면서 꿈을 키워온 내가 감사하다. 그 위에 사랑하는 가족이 있다. 다들 든든하고 날마다 새로워진다. 이제부터 쓰고 누리리라. 잘 참고 살아온 동생들과 자녀만으로 큰 재산이고 나는 부자이다. 지금부터 새롭게 쓸 것이다.

나는 고향집 앞 저수지를 보며 바다의 낭만을 꿈꾸었다. 계속 솟아나는 우물에서 끊이지 않은 축복의 밑그림을 그렸다. "잠깐만요. 좀 쉬시죠."라고 부르는 휴식 타임에 한 잔의 녹차가 즐겁다. 퇴직 후에 즐겁게 책 쓰는 기쁨을 누릴 수 있는 나는 행복하고 새롭다. 한때 나의 마음이 병들 뻔했다. 이제 빛나는 태양 아래서 소나무 향을 맡고 머리를 식히는 내가 좋다. 모든 나날이 풍요롭고 반짝이는 이 가을의 결실 같은 흐뭇함을 얻는 이 새벽 시간이 진실로 감사하다. 살아 있는 한 새벽 4시부터는 하나님께 기도하고 책을 풍성하게 펼치리라.

이제 나는 하나님 안에서 나를 위해 살아가는 것이 뿌듯하다. 자기 관리하고 나를 나 되게 놔주는 주위 사람이 감사하다. 너무 가까워 숨 막히는 것보다 거리감의 미학이 느긋하고 가슴 공간의 풍요함을 느껴본다. 적당한 거리 유지의 행복함과 자유로움이 좋다. 계속 이 자리를 고수하며 만족하게 살 것이다.

50대 이후의 자유로움이 행복하다. 젊음을 다 바쳐 일하였다. 이제 50대 이후의 책 쓰기의 깊은 체험과 행복한 맛을 알아서 기쁘다. 내 옆에 존재하고 있는 많은 응원단과 선인과 같이 나는 부자고 행복하다. 길 건너 도서관에서 책 속에 파묻혀 있을 수 있어서 좋다. 한나절이 순식간에 지나간다. 내가 좋아하는 책을 잘 소화시켜 신선한 나를 만들자. 바뀌는 내가 좋다. 멋지게 써서 후배들의 도움이 되게 하자. 이 자유를 평안히 가지기까지 남다르고 개성 있는 숙려의 시간이었다. 미지의 세계로 가면 더 새롭고 긍정적인 호기심을 가져야겠다. 뼛속까지 내려가서 글을 쓰는 작가처럼 온몸으로 정성 들여 하나님 안에서 생각을 공급받고 글을 쓴다.

10대에는 동생들을 사랑하고 부모님을 공경했다.

20대에는 친구들을 사랑하고 자녀를 양육하며 행복했다.

30대에는 자녀 양육과 명문 가정에 힘쓰고 최선을 다했다.

40대에는 시어머니, 남편, 자녀, 직장까지 온몸을 다해 세우려 열망했다.

50대에는 나에게 관심을 가지고 학교에 다녔고 퇴직 후 책 쓰기 준비를 했다.

60대 이후는 지금까지 공부하고 노력한 지혜와 선한 영향력을 키우고 꿈의 작가 나라에 진출했다.

나는 60대 이후 일 년에 3권 이상의 책을 꾸준히 쓸 것이다. 지역사회에 관심을 가지리라. 내 나라에 관심을 가지리라. 내 어머니와 고향에 관심을 가지고 손길을 내밀리라. 어려운 환경을 위해 꾸준히 선한 일을 하리라. 내가 만났던 사람들은 모두 다 나의 순수한 기쁨이고 재산이다. 더불어 살아가리라. 가족에게 선한 영향력을 끼치리라. 존중하고 억지로 끌어들이지는 않으리라.

새벽 4시에 알람을 켜지 않고 자연스럽게 눈 뜨는 내가 정말 기쁘다. 거울에 얼굴이 통통 부어 있지만 아프지 않고 일어나 책을 이어가는 것이 설렘이다. 쾌적한 집을 위해 노력하는 남편이 고맙다. 내가 책을 쓸 수 있도록 사돈이 있어서 좋다. 아기를 낳아준 딸이 좋다. 한 번씩 나의 부족한 것들을 채워주는 아들이 있어서 좋다. 이것만 가져도 나는 누리고 사는 부자이다. 나의 직업이 작가여서 좋다. 가슴속에 뭉클 솟아나는 이 기쁨이 있어서 좋다. 하나님께 감사하다. 나는 내가 나여서 좋다. 젊어서 수용자와 동료 교도관과 나와 다른 남편을 만나서 많은 체험을 해서 기쁘다. 그들이 필요 이상으로 나를 구속하지 않아서 좋다. 하나님께서 주신 축복으로 살아온 것에 감사드린다.

나는 눈을 뜨면 글 쓰는 일부터 매달리는 삶이 즐겁다. 틈만 나면 올라가는 오금공원의 향기가 좋다. 건넌방에 남편이 잘 자고 있어서 괜히 풍성하다. 길 건너에 딸의 집이 있어서 좋다. 곧 여의도로 이사 가면 허전하겠지만 전화하면 된다. 가끔 손자, 손녀를 볼수 있어서 좋다. 올해 작가가 되어서 정말 좋다. 이제부터다. 나는 이제 출발한다. 늦게 출발했으니 속력도 좋지만, 페이스를 놓지 않을 것이다. 나는 많이 읽고 쓰는 데 주력할 것이다.

천국에 갈 때까지 소중한 친구는 책이다. 항상 문득문득 하나님과 대화할 것이다. 그 순간적인 질문이 나를 평안으로 인도한다. 존경하는 여성 작가들을 짚어 볼 것이다. 나는 어릴 때부터 미우라 아야코 작가를 좋아했다. 《빙점》을 읽고 완전히 몰입했었다. 그분이 선한 마음으로 주위 사랑을 실천해서 좋았다. 나도 그처럼 좋은 소설을 꼭 쓸 것이다. 펄 벅 여사를 존경했다. 《대지》를 비롯하여 수많은 그녀의 작품을 다시 새겨볼 것이다. 우리나라의 박경리 작가와 박완서 작가를 좋아했다. 다 돌아가신 분이지만 다른 새 책을 많이 읽고 풍부한 내 자양분을 키울 것이다. 기쁨이 솟아난다.

나의 글과 마음에는 하나님과 내가 좋아하는 작가들의 마음을 넣고 내가 버무리는 김장이 되고 찌개가 될 것이다. 온 국민이 다 즐거워하고 힘을 보태는 데 도움이 될 것이다. 아, 기쁘다. 이제부터 30년은 책 쓰는 시간이 항상 우위를 가질 것이다.

학창시절 친했던 친구와 내가 어려울 때 도와주신 분들을 찾을 것이다. 스승님도 이웃집도 다 찾고 돌아보면서 재정립하며 나아갈 것이다. 오늘은 남이섬에 갈 것이다. 다녀와서 또 다른 글을 한 꼭지 쓸 것이다. 이제 여행이나 움직임 모든 것에서 사랑스러운 글감을 추려내고 살려낸다. 나는 온몸과 영혼까지 모아서 글을 쓴다.

이번에 동생 화순이의 남편이 교회의 장로가 되어 정말 기쁘다. 고무적이고 감동적이다. 화순이는 정말 좋은 동생이다. 나보다 철도 더 들었다. 건강하게 오래 같이 살면 좋겠다. 어릴 때는 놀 때도 항상 내 등에 동생이 있었다. 껌딱지처럼 붙이고 다녔다. 왜 그랬는지 이해가 안 된다. 밤에도 놀아도 동생을 업고 갔다. 왜 그랬을까? 어머니가 새끼를 꼬고 계시면 나는 놀러 가는데 아기를 업고 가야 할 것 같았다. 동생을 업은 모습이 어린 마음에도 창피했지만 그렇게라도 놀고 싶었다. 그때 어린 동생은 울지도 않았다. 내 등의 동생은 부담스럽지 않았고 돌아올 때는 무섭지 않고 나의 일체였다.

결혼하고 아이를 키우고 살아가는 것이 즐거웠던 것은 어릴 때의 훈련이었다. 나는 뭐든지 할 수 있다는 기특한 자부심이 있었다.

책이 나 대신 활동하게 만들어야 한다. 5년, 10년이 지나 몸은 비록 쇠퇴해도 책은 힘을 낼 것이다. 내가 사랑하는 형제들과 자녀, 그리고 친구들이 작가가 되면 좋겠다. 나는 세상과 가족과 이 나라를 사랑한다. 수용자도 사랑한다. 다들 기특한 자부심을 챙기며 승리하시길 간절히 구한다.

PART 04

절망의
덫에 갇힌
사람들에게

태어나는 순간부터
'나'라는 주사위는 던져졌다

인생은 거울과 같으니 비친 것을 밖에서 들여다보기보다
먼저 자신의 내면을 살펴야 한다.
윌리 페이머스 아모스

　하나님의 은혜로 대한민국에 태어난 것을 감사한다. 내가 가꾸고 누릴 땅이다. 요즘은 아기 울음소리가 점점 귀해지고 있다. 우리는 선택된 사람이고 국민이다. 민들레 홀씨가 하늘을 날고 있다가 내 앞에 떨어져 뿌리 내리는 모습을 보자. 그 뿌리가 굵어지고 자리를 잡는다. 나도 처음에는 누워서 울기만 하던 어린아이였다. 우리 손녀딸처럼 밤낮을 모르고 울었을 것이다.

　건강한 몸으로 움직일 수 있는 것이 얼마나 대단한가? 이 순간의 기쁨을 땀 흘리고 움직이면서 즐거워한다. 이 정도의 건강한 몸으로 어른이 된 것이 얼마나 놀라운가? 주위의 소중한 분들의 보살핌으로 오늘의 삶을 감사한다.

　언젠가 인터넷에서 미국의 어떤 여배우가 감옥에서 태어났다는 글을 봤다. 저렇게 예쁘게 잘 자랐는데 뭐가 문제일까? 왜 힘들게 남의 숨어있는 상처를 건드리는지 알 수가 없다. 하나님이 보시기에는 어떠실까? 아픈 손가락이었을 것 같다. 부모님도 아픈 손가락이 있듯이, 하나님께서는 아픈 손가락이 꼭 있으실 것이다.

인생이 길어져서 100년을 살면서 그 아주 적은 일부분을 가지고 남도, 나도 괴롭히지 말자. 더 감사할 줄 알자. 누리고 있는 건강과 삶을 통해 후손에게 좋은 지혜를 남겨야 할 것이다. 우리도 선인들이 먼저 한 일을 보고 배웠다. 그것에서 배우고 생각하여 점점 좋은 세상을 살게 되었다. 앞으로 정리한 경험과 지혜로 자서전이라도 남겨서 후손이 살펴서 살도록 하자.

1980년대 어느 해에 장마가 크게 졌다. 홍수로 떠내려가고 물이 차서 승용차가 물에 잠겼다. 풍납동의 주민센터 옥상 가까이에 물이 차서 보트를 타기도 했다. 그해 전국적으로 홍수 피해 가족에게 위문금을 모았다. 성동구치소에서도 위문금을 걷었다. 그때 여사의 많은 수용자가 본인이 가지고 있는 영치금으로 위문금을 냈다. 나는 감격스러웠고 고마웠다. 나도 남 돕는 데 마음을 쓰고 사는 인생이 되리라 결심했다. 이렇게 예쁜 수용자의 마음을 꼭 축복 내려 달라고 했다.

우리 민족의 이렇듯 따뜻한 인정에 정말 감사했다. 사돈 팔촌 그렇게 따져나가면 금방 어디서든지 아는 사람이 튀어나온다. 우리

나라는 남북통일이 되면 빨리 회복되고 또 잘 뭉치고 좋은 나라가 될 것이라 믿는다. 나도 오래도록 그들의 불행을 안타까워하고 잘 되도록 기도하고 바랐다. 그 기도의 결실로 하나님이 나에게도 복을 주셔서 마음이 넉넉하고 행복하다.

성동구치소에서 근무하던 어느 늦더위가 심한 여름날이었다. 그날도 나는 접수실에서 열심히 접수하고 있었다. 접수실에서 사건이 일어날 때는 주로 토요일이었다. 나 혼자서 근무할 때였다. 민원실 근무는 좀 날렵하고 솜씨가 있는 사람이 해야 했다. 곁에 있는 나의 동료들은 정말 빠르고 친절했다. 컴퓨터 업무도 잘 처리했다. 토요일 오후 2시가 막 지나가고 있었다.

어느 부인이 초등학생 딸을 데리고 오후 접견을 왔다. 그분도 딸과 가족관계 서류가 안 붙어있어 "다음에 꼭 가져오세요." 하자 "저번에 가져왔는데." 하기에 "아유! 거짓말하지 마세요."라고 했다. 그런데 그분의 얼굴이 굳었다. 속으로 내가 무슨 실수라도 한 것이 아닌가 싶어 걱정이 되었지만 어쩔 수 없는 상황이었다.

다음 날 팀장님이 나를 불러 불친절하다는 민원이 들어왔다고 말씀하셨다. 소장님께도 그 사실이 보고되었다고 했다. 그때 눈치 없는 나로 인해 직원들이 고생 많이 했다. 마음을 아프게 한 민원인 가족도 좋은 일들이 많아서 기쁘게 지내기를 바랐다. 그때 팀장님은 내가 만난 귀한 여성분 중 으뜸이셨다. 그때 직원들은 친절하다는 쪽지도 많이 들어있었다. 물론 나도 마찬가지였다. 되도록 잘 해보려고 최선을 다했었다.

그때 성실하게 이 모양 저 모양으로 도와준 여직원들의 사랑이 고마웠다. 나는 역시 민원실은 무리였나 생각했지만 성실하게 더 조심하며 하루하루 노력했다. 나의 입지도 있고 여러 복합적인 사정으로 근무하지 못하는 것은 정말 싫었다. 잘하고 싶었다. 하지만 노력에도 불구하고 역부족이었다. 어느 곳이든지 요소마다 많은 수고와 직장을 사랑으로 품고 근무하는 귀한 손길이 가득했다. 그분들의 노고가 성공으로 이어지길 기도한다. 그런데도 내가 승진 순번에 놓여있어서 애가 탔다.

그때 마침 남편이 서울시에서 퇴직공무원 교육으로 부부 동반 제주도 여행이 있었다. 2박 3일 일정이었다. 나는 그래도 남편이 퇴직하기 전 처음 서울시에서 보내주는 여행이니 꼭 가야 한다고 생각했다. 그때 내 옆자리에서 근무하던 O 씨가 안 된다고 했다. 자리를 지키고 있어야 한다는 것이었다. 우물쭈물 망설이다가 결국 휴가 신청은 말도 못 꺼내고 남편만 보냈다. 남편은 여행지에서 다른 직원들은 다 같이 와서 사이좋게 지냈는데 자기만 혼자 무척 외로웠다며 속상해했다. 그땐 새삼 많이 미안했지만 나도 입장이 그랬다. 다른 여직원들은 순발력 있게 잘하는데 내가 확실히 감이 떨어졌다. 나로 인해 일이 있을 때마다 애쓰고 수고해서 고마웠고 휴가 내기도 쑥스러웠다. 미안하지만 그 당시에는 나도 직장이 우선이라고 생각했다.

성동구치소 민원실 여직원들은 친절하고 손도 빠르며 훈련이 다 잘되어 있었다. 나는 수용자들이 있는 사동과 직원식당으로 수십 년을 왔다 갔다 하면서 지냈다. 제일 실수도 잦았고 마음만 가득했던 민원실 근무였다. 승진해도 상황이 많이 좋아지는 것도 아니었다. 공직 생활을 수십 년 했지만 월급이 그렇게 많은 것도 아니었다. 그때 깨달았다. 직분만으로도 흡족할 수가 있었다.

그 어려운 시험을 안 치르고 대우하고 불러준다는 것 자체가 소중했다. 만년 주임에서 계장을 달았을 땐 마음이 못내 기뻤다. "계장님!" 하고 불릴 때면 마음 구석진 곳에 임담한 돌처럼 자리 집고 있던 패배의식이 짓누르고 있던 나의 자존감이 살아났다. 그래서 또 늦은 승진이 감사했다. 내가 올라가면 똑똑하고 열심히 잘하는 후배들도 기회가 있어서 감사했다. 승진하여 화성교도소에 갔다. 거기서 성동구치소가 얼마나 좋았고 따뜻한 품이었는지 알았다.

화성 직원들과 힘은 들었지만 2년 동안 함께 깨소금같이 아기자기하게 잘 지냈다. 젊은 직원들이 멋있고 야무졌다. 팽팽한 긴장감과 야무진 움직임이 생동감이 넘쳤다. 그중에 한 여직원은 내가 봐도 팔방미인이었다. 얼굴은 물론 성격도 시원했고, 모든 직원들과 친목 관계도 좋았다. 이런 직원이 나서서 화성을 위해 기도하면서 이끌어 주면 좋겠다고 생각했다. 외로운 동료들도 감싸주고 손잡아 주었으면 했다.

교도소 곁에 넓은 공터가 있다. 텃밭이 있어서 잘 자란 풋고추가 생각났다. 생활에서 1% 부족한 타향의 외로움을 달래기 좋았다. 같이 내려갔던 동료는 사랑스러운 여성이었다. 같이 지내며 마음을 나누었고 많은 힘이 되었다. 그녀는 내 인생에서 하나님이 맺어준 눈꽃처럼 귀한 사랑의 선물이었다.

남직원들도 좋은 분이 많았다. 나에게 길을 찾고 가슴속을 씻어주는 믿음의 물결이었다. 선교팀은 하나님이 챙겨놓으신 보물이었다. 아침 7시마다 모여서 화성을 위해 올리는 선한 기도가 좋았다. 하나님이 그 마음을 아시고 응답하시리라 믿는다. 진심으로 화성

을 사랑하고 기도하는 그분들에게 하나님의 손길이 가득하길 바란다. 나에게 용기를 준 민원 과장님과 사는 집을 선하게 물려준 나랑 이름이 닮은 분도 좋았다.

추억이 되어버린 화성에서 다정한 사람들과 동료로 지낼 수 있어 행복했다. 한 걸음 더 딛고 수용자의 인생에 도움이 되는 나날을 보내는 그분들이 화성의 따뜻한 힘이 되고 있었다. 교도관은 기도와 사랑으로 헌신하며 수용자의 아픔과 상처를 어루만져주고 있다. 화성은 나의 인생길의 소중한 귀퉁이요, 집을 향한 골목이었다. 항상 하나님의 사랑이 충만하고 수용자도 새 힘을 찾아 일어서길 기도한다.

평생 수용자를 바라보며 그들의 객관적인 입장에서 부모가 되리라 결심하는 교도관으로 일해 왔다. 하나님이 갇힌 자에게 떠 주는 물 한잔의 선함을 나눌 수 있는 곳이어서 행복했다. 태어나는 순간 연약한 나를 교도관으로 택해주셔서 항상 감사했다.

2

어떤 길을 택하든
스스로의 길을 가라

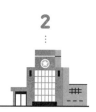

세찬 바람이 불어야 억센 풀인지 알 수 있다.
나라가 어지러워야 진실한 신하를 알아본다.

증소우

    페니실린을 만들어서 인류에 큰 공적을 세운 세균학자 플레밍은 우연한 기회에 그것을 발견했다고 한다. 하지만 세상에 우연한 기회는 없다. 평소에 계속 준비하고 관심이 있는 만큼 찾아낼 수 있다.

    삶의 길에서 간절히 바라는 일은 꼭 이루어진다. 왜 그럴까? 나도 살면서 많은 믿음을 이루었다. 주로 자녀의 일과 남편의 소원을 대신 열심히 믿고 간절히 구해서 이루었다. 정작 내가 하고 싶었던 작가의 꿈은 '언젠가는?'이라는 의문점을 가지고 바라보았다. 정보의 힘이 얼마나 중요한지 결국 책을 읽다가 한책협 정보를 보았다. 혼자서 책을 펴내려면 기술과 장비도 없이 강물에서 고기 하나씩 건져 올리는 격이다. 우여곡절 끝에 한책협의 김태광 대표 코치를 만나서 나는 이분이 무슨 말씀을 하든지 믿고 실행하리라 생각했다. 내 인생은 지금부터라고 결심했다. 앞서가는 나는 제2의 인생으로 오래도록 차곡차곡 배우고 책을 펴낼 것이라고 의기양양했다.

병역법 위반이 시행되고 있던 때였다. 1년 6개월 형을 받고 수용 중인 A의 일이었다. 다른 수용자들에 비교해서 눈에 띄게 성실하게 일하는 모습이었다. 깔끔하고 행동도 차분했으며 일 처리 솜씨가 있었다. 남자 사동에서는 작업자로 병역법 위반 수용자를 제일 선호한다.

어느 날의 일이었다. 접견실 창고 보조 청소 수용자가 신입 수용자의 사물함에 있던 휴대전화를 훔쳐다가 사용한 사건이 일어났다. 영치품 창고 청소 도우미는 특별히 정직하다고 생각되는 사람을 골라 일을 시킨 것인데 그런 일이 벌어진 것이다. 이전에도 이후에도 그런 일은 없었다. 그 수용자는 다른 곳으로 이송을 보내서 사건 정리가 되었다.

그 사건으로 인해 성실하게 오랜 기간 근무해 온 교도관 선배가 승진에서 누락되었다. 근무 능력이나 태도 등 모든 면에서 인정받아 몇 달 후면 승진이 될 것으로 믿고 있었는데 말이다. 선배는 그 후 명퇴를 신청했다. 정말 안타까운 일이었다. 나는 속으로 울분을 터뜨렸다. 그분은 성격이 원래 성실하고 명랑하기도 했지만, 가정에서도 참 좋은 남편이자 아빠였다. 지금은 다른 일에 종사하고 있다고 한다.

참고로 교도소에서는 교도관도 휴대전화를 휴대하지 못한다. 출근하면 탈의실에서 정복을 갈아입고 휴대전화 보관 사물함에 휴대전화를 넣어두었다가 퇴근할 때 가지고 나올 수 있다.

누구에게나 계획되지 않은 나쁜 일이 일어날 수 있다. 만약에 길도 제대로 모르는데 밤길을 운전하게 되었다고 치자. 속도를 낮추고 안전하게 운행하는 수밖에 없다. 수용자들도 마찬가지다. 그들 앞에 위험이 있는 줄은 높은 하늘에 계신 하나님만 아신다. 어린애같이 물불을 가지 않는 사랑하는 자녀들을 위험에서 피신시키신다는 생각이 들었다. 이곳에서 다시 생각하여 정리 시간을 가진 후 사회에 나가서 새 삶을 살 기회를 주신다고 생각한다.

갑자기 나타난 험한 인생길에는 더 기도하고, 안전한 속도로 지혜롭게 이겨내면 새로운 기회를 만난다. 나도 생명의 안전을 보장받은 수용자를 부러워한 적이 있었다. 오래 전에 존경하는 친정아버지가 고된 농사일로 암이 재발되었다. 2남 3녀 우리 자녀들은 번갈아 가며 병원을 지켰다. 나는 그때 아버지의 건강 회복을 위해 금식 기도를 하였다. 병원에서 직장으로 출근하며 여러 가지 생각을 하였다.

회사에 와서 수용자들을 따스한 햇볕에서 운동하게 하였다. 그때 어제 금방 온 듯한 수용자 3명이 옷을 갈아입고 찬 공기에 떨고 서 있었다. 내 곁으로 오라고 손짓을 해서 불렀다. 얼굴에는 눈물 자국이 보였다. 세 사람의 손을 한 번씩 잡아주고 힘내서 용기 있게 생활하라고 격려하며 아버지를 생각하고 꼬옥 안아주었다. 신앙이 있다면 용서와 회복의 기도를 하라고 했다. 험한 세상에서 그들의 큰 죄로 죽을 수도 있지만 여기서는 우리가 안전하게 지켜주니 힘내라고 했다. 이들을 안전하게 보호하여 햇살 아래 서 있다는 자체는 은혜였다. 죄를 지으면 당연히 용서를 빌어야 마땅하다. 이곳에서 안전하게 귀한 새 생명의 삶으로 옮길 수도 있다. 생각하고 돌이킬 수 있는 자체가 복이 있는 사람들이라고 말했다. 생명이 위급한 사람들을 생각해 보자. 그들은 당신들이 정말 부러울 것이라고 했다. 나도 그때 병원에서 힘들게 생활하시는 아버지를 생각하며 안타까웠다. 부디 이곳에서 생활 잘하고 많이 반성하라고 간절히 부탁했다. 그 후 일 년이 채 지나기도 전에 아버지는 천국으로 가셨다. 그 수용자들은 합의하고 가족과 친지들의 도움으로 정리하고 집으로 돌아갔다.

나는 수용자들을 약간 떨어진 곳에서 따뜻하게 바라보기를 좋아한다. 어떻게 해야 저 사람들이 인생의 참된 삶을 깨닫고 저들의 천국인 가족의 품으로 갈 수 있을까 생각하면서….

3

누구에게나 혼자 견뎌야 하는 시간이 있다

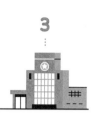

그건 단지 너 혼자 감당해야 하는 몫이라는 걸 말해주고 싶은 거야.
남이 가진 별은 네가 바라고 꿈꾸던 별이 아니야.
임진묵

성동구치소에는 1인 독방이 3개밖에 없었다. 특이 개성과 수용자로 인하여 적어도 10개는 있어야 한다. 그곳에는 성격이 특이해서 다른 사람들과 싸우면 물고 머리채까지 잡는 여성 수용자 F가 있었다. 그녀는 가족도 없다고 하였고 접견 오는 사람도 없었다. 그녀는 구치소에 자주 들어왔는데, 대부분 시장에서 사소한 시비 끝에 싸웠기 때문이었다. 거기에서 익히 아는 얼굴이라고 후딱 보내줘서 횟수가 5~6차례나 되었다.

어느 겨울 오후 7시가 넘은 시간, 보안과에서 연락이 왔다. 성남에서 신입이 다른 날보다 빨리 들어온다고 했다. 왜지? 혹시 유치장에서 문제를 일으켰나? 이런저런 생각을 하며 식당을 거쳐 여사로 갔다. 혹시 문제수인가? 그러면 또 그녀가 들어올 때가 됐나? 한참 안 보였으니…. 이렇게 생각하며 신입을 데리러 보안과 사무실로 갔다. 그곳에 고개를 약간 숙인 이를 보니 F가 맞았다. 쑥스러운 듯이 눈을 깔고 고개를 약간 숙인 채로 발을 의자 밑에 붙이고 앉아 있었다.

일 년 지나 좀 안 보인다 하면 오늘처럼 눈앞에서 고개를 떨구고 앉아 있다. 저이가 마음을 바꾸고 착해졌나? 왜 저리 얌전하게 앉아있지? 그러자 원래 들어오는 날은 수줍어하고 하루 이틀 지나 사흘이 되면 싸운단다. 이번에는 안 그럴 것이라는 부푼 기대를 해본다.

다음 날 출근했더니 아침부터 분위기가 술렁거렸다. F가 아침부터 또 싸워서 하나 남은 독방에 들어갔다고 했다.

"오늘은 왜 싸웠대?"

"아침에 화장실 다녀오다 걸린다고 발로 차고 싸웠대요."

싸운 당사자들을 확인해 본 결과 외부로 보기에 특별한 상처는 없었으나 계속 이어질 문제가 있었다. 안전을 위하여 F를 독거실로 분리해 놓고 보안과에 보고했다.

그녀는 말이 좀 어눌해 대화가 잘 이루어지지 않는다. 성격은 포악해서 손이나 발이 먼저 날아간다. 그녀는 돈도 없다. 접견 오는 가족도 없다. 그러던 어느 해부터 그녀가 들어오지 않았다.

"어머나. 올해 F가 안 왔네?"

"글세, 한바탕 다녀갈 만한데. 어디가 아픈가? 무슨 일이 있나?"

직원들이 사무실에서 한마디씩 했다. 그때부터 5년이 지난 지금까지도 그녀의 소식이 뚝 끊겼다. 사회에서 싸울 때 입은 상처로 오른쪽 뺨에 훈장처럼 흉터를 단 그녀였다. 마음이 안정될 때면 눈을 보며 웃는 모습이 지금도 선하다. 어느 해에는 글자를 가르쳐야 싶어서 글공부 책을 사다 주었더니 엎드려서 읽어보다가 결국 다 배우지 못했다. 이송 갈 때 그 책은 챙겨서 갔다. 그 이후로는 소식이 없다. 사회에서 좋은 사람 만나서 잘 생활하리라 믿는다.

그 외에도 몇몇 구치소의 인연들이 여러 해 동안 소식이 뚝 끊기면 걱정이 되었다. 교도관으로 안 해도 될 걱정이지만, 보이지 않아서 좋기만 하지는 않았다. 그들의 연약한 몸과 허점투성이 마음이 걱정이었다. 곁에서 챙겨줄 사람이 없는 것이 더 걸린다.

어느 겨울 눈 내리는 날이었다. 퇴근하던 길에 언덕에서 휘청 하고 미끄러졌다. 몸이 왼쪽으로 넘어지면서 왼팔에 통증이 찾아왔다. 바로 팔을 안고 병원으로 갔다. 수술을 마치고 퇴원하였으나 고통스럽기가 말할 수 없었다.

한 달간 직장에 병가를 냈다. 살면서 다른 수술도 해봤지만 손목뼈를 심하게 다쳐 누워도 쉬는 것이 아니었다. 예리한 화끈거림이 온몸을 휘감았다. 그때 남편은 승진하여 직장생활에서 최고의 환희를 맛보는 시기였다. 나도 나름대로 뒷바라지를 했는데 그의 생각은 달랐다. 여러 가지로 땅으로 떨어진 자존감까지 더하여 아프고 서러웠다. 나를 위해 감싸주고 그동안 애쓰고 수고했다고 생각하는 사람은 없었다. 모든 것이 갱년기와 슬럼프인 나를 슬프게 했다.

　나는 몸도 마음도 같이 아팠던 정신적 충격으로 내 인생을 돌아보았다. 그제야 나를 다시 찾기 시작했다. 나를 아끼자. 나를 소중히 하자. 내가 살아야 내 인생이 살아난다는 생각을 했다. 절절히 사무쳤던 시간이었고 통증이었다. 그 와중에 학교도 마쳤다. 그것이 정말 위안이 되었다. 그렇다. 앞으로는 내가 좋아하는 것을 하고 살자. 나도 남편과 다른 사람들에게 할 말은 하고 살자. 나를 위해서 사는 것이다. 내가 즐겁고 재미있게 살면 된다. 나는 그렇게 마음의 부담을 떨쳐버렸다.

아픈 만큼 성숙해진다고 그 후에 나도 승진을 하였다. 나는 승진을 해서 누린다는 것은 상상을 못해 보았다. 오히려 성동구치소에서 안주하면서 혜택을 받았다고 생각했다. 승진하여 내가 할 수 있는 기간에 최대한 움직이고 직원들을 위해 도움을 주고 싶었다. 직원들과 같이 움직이며 넓은 화성의 운동장의 꽃에 신경 썼다. 앞에 근무하신 선배 계장님이 화성의 꽃을 정말 아름답게 가꾸셨다. 감동이었다.

달맞이꽃부터 백합, 수선화, 장미 덩굴이 우거진 화원 뒤에는 텃밭이 있었다. 정말 놀랍고 대단했다. 책을 보고 연구를 한 것 같았다. 내가 가서 휴게실과 여직원 대문 입구에서 정리 등에 신경을 쓴다고 했지만, 선임 계장님의 꽃밭은 내가 봐온 것 중에 단연 최고였다. 삭막한 화성이었지만 꽃과 절친이었던 그분이 나를 행복하게 해주었다. 그분은 지금 천국에 있다. 평안히 계시리라 나는 믿는다.

사람들과 마음이 다 맞지는 않았지만, 화성은 좋았다. 악의적으로 안 따른 사람도 있지만, 그것도 그 사람 인생이니까 이해한다. 이제 마음의 부담을 내려놓는다. 성동을 거쳐 화성에서 사회로 나왔으니 상처 없이 잘 살았다. 제일 고마운 사람들은 단연 수용자들이다. 나는 그들의 큰 아픔 속에서 상담하면서 서로 상부상조하는 관계였다. 마음을 주고 아껴주면 그곳의 평안함이 살아났다. 상상할 수 없는 몇십 년 교도관 생활이 그들과는 따뜻했다고 결정을 내렸다.

수용자는 선입견 없이 직원의 도리를 지키면서, 내 주위의 이웃으로 같은 시대의 삶을 살아가는 동료였다. 손 내밀고 진정성을 가진다. 교도관은 수용자와의 관계다. 거친 곳이지만 오가는 공기는 따뜻하다. 직원과의 관계는 동료로서 선교 활동을 같이 호흡하지 않고는, 생활이 서로 바쁘고 틈이 없었다. 수용자는 다가가는 곳, 그 자리에 있는 사람들이다. 직원과 수용자들의 기도 없이 교도소 문을 들어가지 않았다 싶을 정도로 마음을 썼다. 하나님의 섭리로 그만한 평안함이 있었다는 것을 느낀다. 혼자 견뎌야 하는 시간은 없다. 그 시간에 무릎을 꿇으면 평안과 전진의 삶이 기다린다.

나비는 삐뚤빼뚤 날아도 꽃을 찾아 앉는다

나는 그대에게 하나의 황금 실의 끝을 준다. 오직 그것을 둥글게 말아라.
그것은 그대를 예루살렘 벽에 만들어진, 하늘나라 문 앞에 데려다 놓을 것이다.
블레이크

비행기도 하늘을 날고, 헬리콥터도 목적지를 향하여 날아간다. 나비와 꿀벌과 잠자리는? 그 작은 날갯짓으로 꽃과 싱싱한 풀 속으로 찾아 먹이를 먹고 여행을 한다. 그 조그만 연하고 얇은 날개를 달고 공중에 날아다닌다. 그 날개를 펴려고 얼마나 노력하고 애를 쓸까?

이 작은 것들이 겨울을 나기 위해, 그 생명을 지키기 위해 몸에 글리코겐을 잔뜩 저장하고 죽은 듯이 나무나 짚 사이에서 겨울을 지낸다. 이렇게 연약한 동물이 겨우 죽음을 면하고 봄을 맞이하여 살아간다. 겨울에는 사람이나 나비들도 움직임이 덜하다.

곤충들도 겨울에는 따뜻하고 안전한 곳, 주로 짚더미나 풀숲에 몸을 숨긴다. 봄이 되면 생명이 빛을 향해 나온다. 가을이 되어 브이(V) 자로 무리 지어 날아가는 기러기 떼를 보자. 자신의 무리에서 이탈하지 않고 같이 한 무리가 군단을 이루며 날아가는 모습이 장관이다.

교도소에서는 겨울이면 운동장에 있는 알뿌리와 보온을 해야 하는 작약 뿌리를 캐서 햇볕이 잘 드는 창고에 보관한다. 내가 화성에서 2년을 지내면서 겨우살이는 신실한 여직원이 맡아서 하였다. 가끔 한 번씩 들여다보고 물을 주기도 했다. 나는 건강한 몸으로 또다시 오는 겨울에 나의 방에서 지난 일을 추억한다. 아릿한 가슴으로 넓고 사랑스러운 근무지 화성을 떠올린다. 넓은 꽃밭에서 구경하며 운동을 하던 수용자들이 생각났다.

오랜 수용 생활로 연로해진 O 여인이 오랜만에 바깥바람을 쐬고 아기 걸음을 걷는 모습이 눈에 선하다. 이제 곧 가족이 있는 집으로 돌아가서 쉬기를 바라는 마음이다. 겨울옷을 두껍게 입고 운동장 주위를 돌아보았다. 그렇게 아름답고 화려하게 피고 지고 하던 꽃이 넓은 운동장에 남아서 외롭게 죽어가지나 않나 하며, 매 같은 눈으로 여기저기를 찾고 흙을 쓰다듬고 다녔다.

부모가 교도소에서 수용생활을 하면 그들의 자녀들은 춥고 외로운 겨울이 된다. 아이들은 약한 나비나 작은 토끼처럼 추위가 덜하고 햇볕이 잘 드는 곳에서 몸의 휴식을 취해야 한다. 수용자와 상담할 때 자녀들은 어떻게 지내냐고 묻는다. 보통은 아빠가 알아서 엄마는 외국에 돈 벌러 갔다거나 여행을 갔다고 둘러댄다고 한다. 어느 날 갑자기 부모가 보이지 않으면 아이들은 자기가 싫어서 도망간 것으로 생각하고 분노나 슬픔을 느낀다고 한다. 그래서 차라리 사업이 잘못돼서 수용되어 있다고 알려주는 것이 정서상 더 낫다고 한다. 더러는 서신으로 대화를 나누기도 하고 학교가 빨리 끝난 날에는 엄마를 만나러 직접 오기도 한다.

잠실교회는 러브트리라는 사랑의 헌금으로 교도소의 부모가 자녀 앞으로 신청하면 5만 원 상당의 푸짐한 선물을 주는 행사를 해마다 이어오고 있다. 나도 몇 년째 2계좌를 손자와 손녀 이름으로 신청했다. 이 아이들이 자라서 또 나누며 사는 모습을 그려본다.

그뿐만 아니라 교회나 주위 어려운 사람들에게 김장을 따로 담가 나눈다. 여러모로 따끈따끈한 소식으로 어느새 겨울이 지나고 있다. 슬픔과 괴로움을 안고 우울증에 내몰린 아이들이 환하게 웃을 수 있는 일이 많으면 좋겠다.

교도소에 자녀를 데리고 접견을 오면 어린이는 곁에 두고 계속 부부 간에 말만 하다 돌아오게 된다. 말 한마디라도 아이들에게 살갑게 해주고 따뜻하게 대하자. 집안에 어려운 일이 있으면 아이들은 자신이 짐이 되지 않나 고민하는 경우가 있을 수 있고 위험에 빠지기도 쉽다. 어른들의 잘못으로 아이들을 슬프게 하여 안타깝다.

어느 가을, 맑고 푸른 하늘이 찰랑거리는 한낮이었다. 성동구치소에서 처음으로 노래자랑대회가 있는 날이었다. 천주교 예배 날

야외 잔디밭에서 열렸다. 각 수용실 방과 작업장에서 나와서 실력을 뽐냈다. 평소 얌전하던 수용자가 뜻밖에 구수한 목소리로 분위기를 잡고 신나게 목청을 뽑았다.

담장 너머 길손들과 보안과까지 소리가 들렸는지 소장님도 오셨다. 종교위원들과 직원이 한 곡 하시고 가라고 붙잡았다. 소장님의 시원한 목소리가 운동장과 담 너머까지 울려 퍼졌다. 마칠 시간이 거의 다 되어 가는 중에 가족과 접견을 마친 방문자가 달려와 신청하고 무대에 올라 자신의 끼를 마음껏 펼쳤다. 역시 우리나라 사람들은 흥이 대단하다.

잔디밭 주위에는 대추가 익어가고 빨간 단풍나무가 손짓했다. 나는 유행가를 통 부를 틈이 없어서 아는 것이 별로 없고 찬송가만 부를 줄 알기에 신나게 잘 노는 사람들이 부러웠다. 종교 행사에서 이런 준비와 아이디어로 다 같이 기쁜 시간을 보내게 해줘서 감사했다. 그날 금빛으로 물들기 시작한 잔디와 노래들은 오래도록 가슴에 남아서 메아리치고 있다.

수용자는 날마다 담 안의 생활에서 울고 후회한다. 그들의 마음은 연약하다. 그들이 걷는 걸음은 불안하고 흔들린다. 제대로 목적지까지 따뜻하게 바로 갈 수 있도록 보호하자. 가녀린 나비가 꽃이나 풀을 찾을 때 사랑스럽게 길을 열어 주자. 창공에서 신나게 나풀거리면서 꽃 사이를 여행할 수 있도록.

5

당신은 어떻게
나이 들고 싶은가?

와서 내 빵을 먹고 내가 섞은 포도주를 마시라.
어리석음을 내어 버리고 살라. 그리고 명철의 길을 가라.
잠언 9:5~6

나는 사회생활에서 팽팽하고 긴장되어 있던 시간들을 무사히 보냈다. 50대 이후의 삶은 성숙한 어른으로의 노련한 삶이 시작되는 시기이다. 이제부터 10년, 20년, 그리고 30년 이후의 밑그림을 새롭게 그리자. 풍성하고 아름답게 행복의 샘물을 길어 올리자. 사랑하는 주위 사람들과 삶을 공유하며 나누자. 불우한 환경에 외롭고 슬픈 사람들에게 손 내밀며 힘이 되자. 소중한 국가와 세계평화에 도움이 되고 이바지하자. 되도록 가까이 있는 도서관을 친구 삼고 서재처럼 소중히 여기고 책을 많이 애용하자.

잘 익어가는 단호박처럼 추억과 달콤한 영양을 한가득 선물하고 싶다. "백지장도 맞들면 낫다."는 것처럼 조금이라도 사회에 유익하게 돕고 살자. 우수함을 책으로 남기자. 노하우를 써서 읽고 나누면 서로 돕는 것이다. 책을 많이 읽고, 필사하고 응용하여 쓸 수 있는 대로 많은 저서를 집필하자.

강진에서 유배 생활을 하던 다산 정약용 선생은 500여 권의 책을 남겼다. 그는 20여 년 긴 세월 동안 저술에 열중하여 복사뼈에 세 번이나 구멍이 났다고 한다. 그렇게 어렵게 남긴 저서들은 지금까지도 우리에게 많은 가르침을 주고 있다. 그가 벼슬길에서 호의호식하고 잘살았으면 이름이 남았겠는가? 결국 책이 그를 보여주고 소개하는 것이다.

내가 아는 B 여인의 일이다. 그녀는 어릴 때부터 책을 좋아했고 부모님을 존경했다. 그녀의 고향은 전형적인 시골길이라 사람들이 많이 지나다니지 않았다. 그녀는 자기가 읽은 책 주인공을 상상하며 자라서 훌륭한 사람이 되겠다고 결심했다. 특히 학교에서 배운 강재구 소령에 관한 이야기는 가슴 깊이 남았다.

우리나라 군인들이 월남 파병 훈련을 할 때였다. 강재구 소령은 한 병사가 수류탄 안전핀을 뽑아놓고 어찌할 줄 모르고 있는 것을 발견했다. 그는 순간적으로 병사 쪽으로 몸을 날려 수류탄을 막으며 병사를 살려냈다. 그리고 자신은 그 자리에서 산화했다.

그날 B는 학교에서 그 장면을 배우면서 몸이 떨리는 전율을 느꼈다고 한다. 자신도 위기에는 앞장서서 주위를 돌보고 안전하게 지내야겠다고 결심했다.

인류와 나라, 국민을 위해서, 당파를 위해서가 아닌, 그런 고귀한 분들이 많이 기도하고 헌신하여 새 나라가 되면 좋겠다.

교도관으로 근무할 때 수용자를 바라보면서 나라를 생각해보지 않은 적이 없는 것 같다. 하나님께 기도하면서 '상처 당하고 길 잃은 수용자를 나에게 보내주신 귀한 뜻이 있다'고 생각하며 살았고 수용자를 하나님의 선물이라고 생각했다. 위급할 때 내 몸보다 그들을 우선하여 돌봐야 한다는 각오를 가지고 근무했다. 그러면서 그들에게 의외의 귀한 점을 많이 발견하였다.

나는 동생이 4명 있다. 부모님은 동생들에게 항상 "언니, 누나 말 잘 들어야 한다."라고 하셨다. 나는 그 말씀을 머리에 새기고 나중에 서울에 동생들이 올라왔을 때도 엄격하게 대했다. 마음속에

항상 저 아이들을 부모님 대신 사랑하고 잘 이끌어야겠다는 생각을 하고 살았다.

그래도 제대로 못했지만, 항상 기도하고 잘되기를 소원하며 훌륭하게 장성하기를 바랐다. 결국 희망대로 잘 살아 주어 흐뭇했다. 그제야 양쪽 어깨에 짐이 가벼워졌다. 그 이후 자녀를 키워 독립시키면서 행복함을 느꼈다. 하나님께서 보호해주시길 바라며 세상으로 훨훨 내보냈다. 그 후 계속 행복하게 나의 훌륭한 노후를 위해 기쁘게 도서관을 다녔다.

많은 사람이 행복하게 책을 보는 모습이 흐뭇하고 멋졌다. 대한민국의 싱싱한 미래가 보였다. 나이가 들어도 좋은 책을 보고 고정관념을 바꾸려고 노력하는 모습이 아름답다. 죽을 때까지 배우는 것을 즐기자. 정말 고무적이고 흥분된 일이다. 송파도서관 구내식당은 밥도 맛있다. 호주머니가 허전한 나는 일반 카페에서 커피 한 잔 마실 정도의 돈으로 구내식당에서 식사와 자판기 커피까지 푸짐하게 즐긴다. 식사 후에는 공원에서 산책을 즐기고 낙엽과 큰 나무 품에서 휴식과 대화를 즐긴다.

아름다운 환경이다. 지금 이 순간이 천국이다. 후회 없이 주위 환경에 베풂에 감사하자. 멀리 나가지 않더라도 날마다 천국 생활일 수 있다. 방해가 있다면 나무 아래 서서 담배를 피우는 사람들이다. 말 못 하는 나무가 그 앞에서 담배 냄새를 대신 맡고 있다. 담배 피우는 사람들은 왜 애초에 그 나쁜 것을 배워서 얼마나 끊으려 애쓰고 있을까? 건강하시기를 바란다.

　동부구치소 '성기선' 모임이 있는 날이었다. 매일 전화나 메시지로 같이 기도하고 연락하다가 오랜만에 만나기로 했다. 교도관들의 야간 근무 퇴근 시간에 맞춰 오전 11시 30분에 만났다. 여유롭게 준비하다 보니 벌써 11시였다. 전화가 왔다. 차로 데리러 올 테니까 준비해서 나오라고. 갑자기 부산을 떨고 대충 차려서 나갔다.

　집 앞에서 두리번거리고 있는데 마침 자가용 두 대가 내 앞에 멈춰 섰다. 마구 달려가서 창을 똑똑 두드리고 문을 열었다. 아는 얼굴이 보였다. 반갑다. 기사 분은 여직원 숙이의 남편이었다. 휴! 고마웠다. 혼자 찾아가려면 또 헤매고 다녔을 텐데. 마음이 푹 놓였다. 내가 차에 오르자 숙이가 "여보. 우리 딸 결혼식에 차 가지고 왔던 분!" 하고 소개를 해 준다. 갑자기 추억이 떠올랐다.

　A 소장님께서 총무과 계장님으로 계셨을 때였다. 직원 여러 명이 시골 우리 집에 가서 1박을 했다. 소장님은 최고의 드라이브 솜씨로 우리 여직원들의 기사님이 되어 주셨다. 우리 일행은 다음 날 아침 예식 시간에 맞춰 출발하였다. 무사히 결혼식장에 참석하고 서울로 올라왔다. 힘들었지만 보람 있었고 마음이 따뜻했다. 제일 감사한 것은 예쁘게 잘 산다는 것이다.

　숙이네 잉꼬부부의 모습과 따뜻한 가정을 많이 사랑한다. 당시에는 30세 노처녀라고 놀리곤 했었다. 앞으로 계속 큰 행복과 선한 사업에 정진하기를 기도했다. 민, 연, 숙 그리고 K의 반가운 얼굴이 보인다. 동부구치소의 선한 사업 여직원들의 활동 상황을 얘기하면서 예약한 음식점에 도착했다. 이른 시간에 조용하고 깔끔하게 준비가 되어 있었다. 다른 방향에서 오는 영과 심도 웃으며 들어왔다. 일 년 만에 동료들을 만났고 황금 외출을 마쳤다. 훈훈한 마음으로 현직에 있는 듯이 힘을 내면서 집으로 돌아왔다.

특별한 고난 없이 오늘까지 잘 살아왔다. 주위 사람들 덕분이다. 가는 곳마다 좋은 사람을 만난다. 그 중심지는 항상 선교회를 통해서인 하나님의 인도하심이었다. 이 좋은 사람들과의 관계를 계속 소중하게 지켜가고 싶다. 나는 부족하지만, 한책협에 좀 더 광범위하게 사람들이 많이 와서 자신의 경험담과 기술을 쓰면 좋겠다. 이곳에 와서 만사 제쳐두고 글을 써야 한다. 이곳 한책협을 만난 기쁨은 비교할 수가 없다. 이제부터 열심히 쉼 없이 꾸준히 노력하며 나라에도 도움이 된다는 마음으로 살아갈 것이다.

하루 10분 거울 속 자신과 대화하라

6

인생에서 가장 긴 시간 나를 믿어주는 사람은 자기 자신이다.
투에고 《익숙해질 때》 중에서

    왜 나는 나와 대화한 적이 없었을까? 지난 세월 동안 뛰어다니며 살아오는 동안 나는 나보다도 남편을 바라보았다. 더불어 자녀를 바라보고 기도했다. 오늘날의 건강한 나날은 기도 덕분이었다. 어느 순간에 기도할 목표가 달라졌다. 무에서 유를 많이 이루었고 잊은 것도 있었다. 이제부터 나는 뭘 실천해야 할까? 항상 빼놓지 말고 나의 마음을 위해 기도해야겠다. 나의 소망을 말하자. 돈도 많이 벌고 책도 많이 쓰자. 당당히 거울 속의 나를 조용히 관찰하고 사랑하자.

    새롭게 행동하자. 지금 이 순간부터 내가 최고로 소중하다. 만세를 부르는 일상의 마음이다. 이제부터의 여유 있는 삶과 독립을 최고로 만들고 혼자서 축하하자. 지금부터 내 삶과 손 내밀고 의논하자. 이제부터 내 마음의 주인은 권한도 할 일도 나의 몫이다.

교도소에 온 수용자들도 나 같은 생활을 하고 새로운 결심을 하였을까? 아닐까? 게으른 인생은 부지런한 사람을 힘들게 하면서 쓴 소리만 해댄다. 피할 방법은 뭘까? 내가 제일 잘한 것 중 하나가 자기계발에 투자한 것이다. 나를 찾을 수 있어서 정말 다행한 일이다. 이제 계속 이 길로 갈 것이다. 긍정적으로 희망을 품고 열심히 생활하여 진정한 나를 살리고 잘 살아가는 방법은 성실하고 부지런하게 나아가는 것이다.

부부는 서로 예의를 갖추고 최선을 다해야만 한다. 원래 성격과 정서적인 차이는 가까워질 수 없다. 서로 이해만 해도 좋다. 서로 좋은 점은 개발하고 살아가는 방법이 답이다. 나와 남편은 지역과 성격 모든 것에서 차이가 심했다. 많은 갈등을 겼었다. 때로는 친척이나 친구들 가운데 중심 문제가 되는 것도 괴로웠다. 결국 친구도 만나지 않는다. 모든 것에 앞서 두 사람이 행복하고 원만하게 지내면 된다. 그 이후 많이 발전하는 관계가 되었다.

또 한 가지, 교만하게 살아가는 사람은 나아질 수가 없다. 나를 먼저 탓하고 뒤를 돌아보자. 결국은 선하고 좋은 쪽으로 결정해야 한다. 그렇다. 열심히 살아가자. 지금까지 고생하고 살았는데 이제야 장단점도 알았다. 당당하게 살아내자. 내가 더 오래 살아서 건강하고 여유 있는 독신 생활도 즐기자. 열심히 일한 나를 응원한다. 내가 사랑스럽다. 거울을 놓고 웃었다. 역시 웃는 모습이 보기 좋다.

한집에 살면서 내 생활에 파묻혀 혼자 스스로 헤쳐 가니 그것도 생산성 있는 자유가 있는 충만한 생활이었다. 나에게는 이 방식이 맞다. 잠자는 것도 책 쓰는 것도 분리된 이 공간이 사랑스럽다. 이렇게 행복한 기분으로 아침 5시에 일어나서 검색하고 책도 챙겨보다 보면 어느새 7시가 된다.

옆 동네 친구의 일이다. 그녀는 가지고 있던 조그만 땅을 팔았다. 그것과 자신이 받은 퇴직금으로 약간의 여윳돈이 생겼다. 어느 날 그녀의 남편이 오피스텔에 투자했다고 돈을 달라고 했다. 황당했다. 그 남편은 아내에게 돈 있는 꼴을 못 봤다. 두 아이를 교육하며 그녀의 수중에는 돈이 있을 날이 없었다. 맞벌이하면서 돈은 각자 관리했다. 남편이 많이 벌지만 자신의 위치를 굳히며 절대 생활비를 내지 않았다. 물론 자녀들의 학자금과 필요한 것은 책임을 많이 지고 관리했다.

그녀의 남편은 네 살 차이로, 먼저 퇴직했다. 가정생활에 전혀 얽매이지 않고 자유롭게 생활을 즐겼다. 그야말로 즐겁게 직장생활을 마친 사람 중 한 명이었다. 그는 아내가 퇴직금을 받은 것과 땅을 판 대금을 보고 사업을 결심했다.

그녀는 그 돈을 남편에게 주기 싫었다. 그녀를 힘들게 한 많은 설움의 시간이 있었다. 그녀의 남편은 교만했고 아내의 의견을 무시했다. 자신만 최고라고 생각하였다. 이를테면 그 친구나 형제 앞에서 아내에게 목소리를 높이고 마구 대하는 것이 그의 힘이라는 허세였다. 생활도 자유분방했고 의도적으로 늦게 오며 힘들게 했다. 그녀는 그로 인해 많은 스트레스와 우울 증세가 생길 정도였다. 왜 퇴직해서도 이 사람을 보며 갈등을 받는가 생각만 해도 싫었다.

그녀의 남편은 오피스텔 임대사업을 같이 하자며 그녀를 설득했다. 하지만 그녀는 거기에 관여하기 싫었다. 그런데 남편이 중도금까지 냈다고 하자 다시 생각을 돌려보았다. 몇 달 뒤면 최종 잔금일이라고 했다. 때마침 저축이 만기가 된 것이 있어서 5,000만 원이라는 큰돈을 처음으로 만져보게 되었다.

그녀는 떨리는 마음으로 목돈을 남편의 통장에 넣어주었다. 마지막까지 심사숙고한 끝에 떨리는 심장을 부여잡고 보냈건만 정작 받는 사람은 이렇다 할 감동도 없고 당연한 것을 가지고 요란 떤다는 식이었다고 한다. 그러더니 저녁에 모임이 있다고 나갔다. 밤이 늦었는데도 돌아오지 않아 문자메시지로 "늦네요." 하고 보내자, 그녀가 제일 싫어하는 답인 "가는 중"이 얄밉게 날아왔단다.

잠시 후에 집에 도착한 그를 보고 결국 묵은 잔소리를 했다. 그녀는 이 과정에서 벗어나고 싶었다. 그녀가 애써 모은 아까운 돈을 할 수 없이 줬는데 기분이 많이 상했다. 획 돌아서 편안히 방으로 들어가는 그를 보고 그녀는 또다시 초라함을 느꼈다. 하지만 이내 다시 이왕 보낸 돈이니 좋은 결실이 되길 바랐다. 돈은 다시 모으면 된다. 그녀의 사정을 알고 같이 기도하던 나는 말했다.

"새롭게 시작하자. 차근차근. 지금 가진 것만으로도 감사하자."

나는 그때 마음을 다시 정리하고 거울을 바라보았다. 나의 숨겨져 있는 고민과 스트레스를 하나님께 의지하자. 더 열심히 책을 쓰자. 행복하게 살 수 있는 길을 걸어가자. 다시 생각해봐도 아무런 방법이 없다. 이 길만이 최선이라고 생각하자. 다시 겸손하게 자리로 가서 나의 황금노후를 시작해 보자고 결심을 했다.

나는 누군가에게 희망이 되는 유익하고 가치 있는 삶을 살고 싶다. 살아가면서 스스로에게 부족함을 느껴 자신감이 없고 두렵다면 010.9172.1343으로 연락해 상담을 요청해도 좋다. 자신은 누구보다 소중한 사람이라는 자부심을 가지고 새롭게 나아갈 수 있도록 내면에 강한 믿음과 희망을 심어주겠다. 한 번뿐인 소중한 인생을 무의미하게 흘려보내지 말고 누구나 부러워하는 명품이 되자.

재미있게 사는 것이
가장 안전한 길이다

배울 때 기쁨을 느끼지 않는 자를 가르쳐선 안 된다.
무언가에 열중하는 것, 사랑하는 것, 배우는 것, 그것은 같은 것이다.
파스칼 키냐르

진정으로 인생을 즐기는 사람은 재미있게도 산다. 힘들고 어려운 상황에서도 여전히 잘 큰 남동생은 대구에서 대학校에 다니며 막둥이 남동생과 같이 생활했다. 가난한 가정의 장남이었다. 많은 고생과 어려움을 이겨낸 동생들이 자랑스럽다. 해내리라 굳게 믿고 승리하는 사람이다. 성공하는 인생들은 성공의 인자가 자기 내부에 존재한다. 나는 끊임없이 나아졌고 성공했다. 앞으로도 계속 성공하고 부자가 될 거라 믿는다. 자신을 아끼고 사랑한다면 미래의 멋스럽고 우아하게 변해가는 모습과 밝고 행복한 곳으로 발걸음을 띄우며 나가자.

어린 시절 산등성 위 동네에 만당이라는 넓은 놀이터가 있었다. 그 주위에는 밤나무가 네댓 그루 심겨 있었다. 황금물결 일렁이는 가을이 되었다. 바람이 불면 잘 익은 밤알이 머리 위로 토도독 떨어진다. 나는 열매 줍기를 좋아했다. 산동네라 가게도 없고, 먹을 것이 귀했다. 남들이 줍기 전에 밤알을 줍고 싶어서 나는 일찍 일어났다. 추운 날은 서리를 하얗게 쓴 밤이 내 발 앞에 초롱초롱히 있다. 두터운 가시 틈으로 밤이 툭 튀어나왔다. 내 작은 손에 쏘옥 들어온 밤의 감촉이 싸늘하고 잘 여물어 예뻤다. 내 마음에 보물 같은 밤톨을 하나도 먹지 않고 아버지께 갖다 드렸다. 그것이 왜 그렇게 재미있고 보람 있었는지. 부모님도 그 토실토실한 알밤을 받아 그대로 명절 제사 때 쓴다고 보관했다.

따뜻하게 옷을 차려입어도 새벽 일찍 일어나 밖에 나가는 것은 어렵다. 나도 모르게 주춤거리고 따뜻한 이불 속에도 들어가 보곤 했다. 튀는 듯이 썰렁한 새벽바람은 몸을 움츠리게 하고 정신이 번쩍 든다. 그것도 좀 늦게 나가면 다른 아이들이 몰려와서 다 줍고 없었다. 그 순간 힘이 없고 서운했다. 돌아오는 길의 산등성이를 걷는 타박타박 발소리가 크다. 지금은 밤나무는 없고 밭작물을 키운다. 부모님이 주워 오라고도 안 했는데 나 혼자 쫓아 다녔다. 톡톡 주워서 호주머니에 가득하면 뿌듯하고 부자가 된 것 같아서 정말 좋았다.

봄이 되면 내 또래의 아이들이 쑥을 캤다. 낮에 쑥을 캐서 깨끗하게 정리한다. 잠자리에 들기 직전에 깨끗한 냉수를 솔솔 고루 뿌려 놓는다. 그것이 새벽이 되면 팔팔 살아서 숨을 쉬고 있다. 한꺼번에 너무 많이 뿌리면 안 된다. 그렇게 상품을 만든 다음 아이들은 주택가에 가서 팔고 왔다. 나는 낮 동안 동생을 업고 있어야 해서 쑥을 캐러 같이 다니지 못했다. 대신 여동생이 쑥을 팔아서 챙겼다. 그렇게 그녀는 용돈을 벌었다. 동생이 서울 와서 옷가게에서 아르바이트를 하고 돈을 벌 때 숨은 실력이 나왔는지 나와 달리 잘 헤쳐 나갔다.

같은 형제자매 간이지만 둘째 여동생은 어릴 때부터 자립심이 강했다. 자라서 사회에 진출할 때 남의 신세를 덜 지고 독립했다. 어떻게 하든지 자신이 땀을 흘리며 돈을 벌려고 노력했다. 여동생은 우리 집에서 숙식하면서 혼자 일해 번 돈을 모아서 학원비와 독서실비로 사용했다. 언니인 나는 그녀에게 도움을 준 일이 없다. 스스로 비용을 마련하고 오히려 나 대신 시어머니와 가족들의 식사 등 가정 일에도 신경 써줘서 시어머니도 좋아하셨다.

방학이면 용돈이나 등록금을 마련하기 위해 일을 하려는 자녀들이 많다. 부모가 먼저 확인해 보고 용기를 주자. 자녀는 처음 일이라 더 고민할 것이다. 음으로 양으로 눈여겨봐야겠다. 아이들이 부모의 품을 떠나기 위해서, 앞으로 독립하기 위해서 어떤 준비를 하고 있는지 살펴보자. 새 일꾼으로 발전하는 좋은 계기가 되기도 한다.

발명왕 에디슨을 예로 보자. 그는 어머니의 특별한 사랑으로 세계를 발전시키는 발명왕이 된 것이다. 학교에 적응하기 어려울 수도 있다. 그 반면에 자기가 흥미 있고 좋아하는 일이라면 오히려 역전으로 최고가 될 수도 있을 것이다. 수용자들도 마찬가지다. 뜨개질과 다른 물건을 만들어도 뛰어난 솜씨의 임자를 만날 수가 있다.

교도소에서 동료들과 하는 얘기도 며칠 지나면 물린다. 그 시간에 독서를 해서 관심 분야를 공략해서 전문인이 되는 데 도움을 얻자. 징역형이 짧으면 짧은 대로 최소한 10권 이상을 읽고 출소하자. 그렇게 책 읽는 재미와 자존감을 찾은 후에는 책이 있는 곳을 스스로 찾게 된다. 도서관은 학생들 시험 시기만 아니면 자리는 풍성하다. 꼭 도서관에서 진리와 지식을 깨우치고 새롭게 시작하길 바란다.

내가 책 쓰기와 그 외에 다른 필요한 것을 많이 배우고 있는 한 책협의 김태광 대표 코치는 "스타벅스에 가서 수다 대신에 책을 읽자.", "학위보다 책을 써야 성공한다."라는 다양한 명언을 탄생시켰다. 이 표어와 열성으로 대한민국에 독서와 책 쓰기의 열풍이 일어났다. 그 과정에서 의식 확장이 되는 명품 책과 책 속의 진리를 읽어내는 법을 다시 배웠다.

무에서 유를 창조하기란 어렵다. 샘물에서 물을 길어도 물이 어느 정도 차 있어야 사람들이 퍼 담아 가지고 간다. 뇌 속의 지식도 마찬가지다. 삶의 지혜와 쏟아지는 새 의식과 지식이 지각 변동을 일으킨다. 그릇이 커지는 과정이라고 생각하며, 뇌도 지진을 한

바탕 겪는다. 그 이후 김태광 대표 코치의 설명도 이해가 되면서 훨씬 안정됨을 느꼈다.

큰 남동생은 대구에서 대학교에 다니며 막둥이 남동생과 같이 생활했다. 가난한 가정의 장남이었다. 많은 고생과 어려움을 느꼈고 이겨낸 동생들이 자랑스럽다. 막내는 별로 학업에 큰 관심이 없는 줄 알았었다. 하지만 그 형에 그 동생이란 말처럼 나란히 서울에 입성하여 기쁨이 크고 감사했다. 동생들도 좋은 책을 써서 후에 비석 대신 도서관에 책이 꽂혀 있는 영광의 삶이 되기를 간절히 바란다.

나는 서울에 돈 5만 원과 밍크 이불 하나를 들고 올라왔다. 그것도 집에 있는 것 중 내가 가져올 수 있는 유일한 것이었다. 서울은 기회의 땅이다. 그래서 대한민국이 좋다. 나는 완전한 흙수저이기에 더욱 보람을 느꼈고 큰 행복을 맛보았다. 물질 만능인 세상에서 남편과 단출하게 결혼하여 수저와 밥솥을 같이 샀다. 살면서 하나씩 장만하는 기쁨과 보람도 크고 행복했다.

즐겁게 생활하며 소망을 가지고 재미있게 살아가는 삶은 지치지도 않고 꾸준히 진보한다. 어느 순간에 서울에서 집도 가졌고, 자녀들도 자랐다. 할머니 품에서 단단하게 자라난, 튼튼한 이 자녀들이 잘 성장하여 금수저도 되고, 나라에 이바지도 할 것이다.

성동구치소에 온 날부터 나와 형제자매들의 가정은 날마다 발전하는 중이다. 5형제가 서울에 와서 결혼하여 가정을 이뤘다. 수많은 고난이 있었다. 중간에 아버지도 돌아가셨다. 이제 사랑하는 어머니와 독수리 오 형제는 더욱 사랑하고 우주를 지켜 가리라고 결심한다.

항상 잊지 못하는 수용자들의 인생은 최저까지 왔으니 나아지는 길밖에 없다는 생각이다. 오르고 또 오르면 못 오를 리가 없다. 마음의 형제들도 다 같이 노력하여 금수저로 나아가자. 힘을 합치고 지혜를 모으고 간절히 기도하면 하나님께서 돌보신다. 낙심 말고 즐겁게 지혜의 책을 보며 노력하자. 대한민국 모든 국민이 금수저가 되는 날까지.

당신은 당신으로
살면 좋겠다

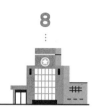

뒤돌아보면 보석은 내 안에 있었다.
브렌든 버처드

하나님은 나만의 개성을 독창적으로 만들어 세상에 보내 주셨다. 나는 개척정신이 있다. 할머니가 말씀하셨다. 너는 잘 살 수 있다고. 결혼하든지 그렇지 않듯이 나는 나다. 어디서든지 24시간을 소중히 활용하면서 훌륭히 살아가겠다. 교도관은 특히 신앙을 가지면 씩씩하게 악을 물리칠 수 있다. 직원도 다 선하다고 할 수 없다. 상상할 수 없을 정도로 다가가는 것이 어려울 수 있다. 예전에는 우리 팀은 무조건 가족이어야 한다고 생각했다. 그러나 가족도 생각이 다른 가족이 있다.

교도관으로 근무하면서 선한 영향을 끼친 사람들이 있다. 선교회에서 수용자의 기도를 하면서 만났다. 나는 자연 친화적인 것도 정말 좋아한다. 일정한 소소한 것들도 매력이 있고 사랑스러운 것이 많다. 소망이 가득한 사랑스러운 시간을 가지자. 호흡하며 명상의 시간을 가지자. 집 옆의 공원으로 가서 가볍게 몸을 풀고 잔잔한 숲과 나만의 대화 시간을 가져보자. 요즘의 나는 정말 편하고 감사하다. 현 상태로 나의 마음에 맞추어 생활하고 긍정적으로 살아간다. 나를 사랑하고 계획표를 즐겁게 이행하려 한다.

어릴 때 나는 친구 집에서 눌러앉아 민폐를 끼친 적이 있다. 그 댁은 사진관과 탁구장을 경영하였다. 나는 시골에 살아서 의기소침하고 내 의사를 표현하지 못했다. 마음속으로 빨리 집에 가야 하는데 그 말을 표현하지 못했다. 오고 가지도 않고 그 집에 눌러 있다가 호박범벅도 맛있게 해주셔서 먹었다. 생각해 보면 친구도 그랬다. 나처럼 말이 없고 속이 꽉 차 있었다. 그녀보다 나는 속이 비어있었다.

지금은 그렇지 않다. 그렇게 며칠이나 집에도 안 가고 있었으니 친구 어머니가 얼마나 불편했을까? 생각만 해도 민망하였다. 친구와 밖에 나가 놀다 오니까 내 가방이 마당 가운데 팽개쳐 있었다. 나는 그 가방을 주워왔다. 그래도 집에 갈 생각을 하지 않았다. 왜 자꾸 집에는 안 가고 불안하게 친구 집에 붙어 있었을까? 나는 정말 미안했다. 정말 부모도 없는 거지처럼 남의 집에 붙어 안 가는 내 모습이 속상했다.

그 후에 나는 언니와 둘이 사는 같은 반 친구 집에 가서 있었다. 그 집 부모님은 선생님으로 다른 지방에 계셔서 딸 둘이 방에

불도 때지 않고 지냈다. 언니가 아침 일찍 일어나서 밥을 지어 주었다. 나는 그 집에서 거의 한 달 가까이 머물렀다. 속으로는 미안했지만 집으로 돌아가겠다는 말은 꺼내지 못하고 허송세월을 보냈다. 우리 어머니는 내가 친구 집에서 열심히 공부하고 있는 줄 아셨다.

그때 그 옆집에 살던, 원래 나와 안면이 있던 언니가 나에게 와서 너무 오래 집에 안 가고 있는 것 아니냐고 했다. 비로소 '아! 내가 이러고 있으면 안 되겠다'라고 생각했다. 그날 오후에는 수업을 마치고 집으로 돌아갔다. 바쁘던 가을걷이도 끝나고 한층 집안도 평온해져 있었다.

몇 달을 남의 집에서 얻어먹고 숙식을 하다가 집에 와서야 깨달았다. 집은 집이다. 우리 집이 제일 힘들고 일도 많고 복잡한 것 같았지만 우리 집이 바로 천국이었다. 남의 엄마가 아닌 내 엄마가 계신 것이 행복했다. 인생의 큰 깨달음이었다. 그러면서 친구 집에도 많이 미안하고 또 인사도 하지 않고 철없이 그냥 지냈다.

지금도 미안한 것은 반장이었던 H를 만나 보는 것이었다. 내가 너무 심하게 고생을 시켜서 만날 수도 없었다. H는 중학교 때 다른 곳으로 전학을 갔다. 그 이후에는 소식도 모르고 살았다. 학교 선생님으로 근무한다는 말이 들렸다. 그 이후 만나지 못했다. 혹시 만나게 된다면 사과의 뜻을 전하고 어머님의 건강도 묻고 싶다.

철없이 살다가 그래도 철이 들어 그때부터는 제대로 생활을 하고 동생들에게도 잘했다. 돌아다니지 않고 집에 잘 오갔으며 조용히 책을 읽고 지냈다. 고등학교도 시골에서 졸업했다.

학교를 졸업한 뒤 집에서 조용히 지내던 어느 날, 한 친구의 집에 놀러가게 되었다. 나를 포함해 다섯 명의 친구들이 모였다. 그집은 굉장히 넓고 좋았으며, 친구의 부모님은 교양 있는 분들이셨다. 우리는 친구의 방에서 밥도 먹고 옷을 꺼내 입어 보기도 하며 즐겁게 놀았다. 그러다 글도 썼는데 하나씩 아호를 짓기로 했다. 나는 그때 '회아', 즉 '맑은 뉘우침'이라는 뜻을 가진 아호를 지었다. 내 이름은 할머니께서 신경을 써서 지으셨기에 그대로 가지고, 책을 쓸 때는 호를 써야겠다고 생각했다.

늦은 가을 하늘에 보름달이 둥실 떠올랐다. 우리 다섯 친구는 촛불을 켜서 손으로 바람을 막고 밤이 아름다운 강의 숲길을 걸으며 기도했다. 불안하기도, 흥분되기도 한 미지의 미래를 향해 행진하듯이 했다. 다섯 명이 긴 그림자를 남기고 촛불과 달빛에다 눈맞추며 미지의 길을 향했다.

그 후 한 달이 지난 후에 친구 한 명이 서울에서 감식반에 근무한다고 연락이 왔다. 직업이 없는 우리는 정말 부러웠다. 우리는 선한 기도의 마음으로 밤숲길에서 집까지 20분 이상을 촛불을 감싸고 행진하여 친구 집에서 걸어갔다가, 다시 올 때도 그렇게 걸어왔다.

그 해가 지나서 나와 O, B, K는 서울로 왔다. 결혼하여 생활에 전념했다. 나만 직장을 다니고 다른 친구들은 결혼하고 직장을 접었다.

나는 모임에도 안 나가고 집과 직장과 교회만 삼박자로 살았다.

어느 날 오전, 직원식당에서 일을 하고 있는데 O에게서 전화가 왔다. 울산에 살던 친구가 어젯밤에 사망했다는 것이다. 마른하늘에 날벼락이라더니, 그 말이 맞았다. 그 친구는 남편 근무지를 따라 자녀들을 데리고 일본에서 2년 동안 생활하다 한국에 돌아왔다. 일본에 가기 전에는 공부를 잘하고 똑똑하던 아들이 학교에 적응을 못하여 방황했다. 마음잡고 공부하라고 서울 이모 집에 데려다주고 집으로 돌아가는 길이었다. 여러 가지로 피곤하던 운전자인 남편의 졸음운전으로 그녀는 그 자리에서 죽었다. 이런 일이 다 일어나다니.

다섯 명의 친구 중 그녀가 제일 건강했다. 너무 놀라서 눈물도 나오지 않았다. 생각할수록 안타깝고 그동안 한 번도 못 만난 것이 미안했다. 그렇게 자매 같던 내 친구가 40대에 유명을 달리했다.

친구들 중에서 내가 제일 가정이 어려웠고 집도 학교에서 멀었다. 지금도 친구들의 도움을 얼마나 받았는지 모른다. 나는 그녀들과 평생 문학소녀로 사랑하며 살아갈 것이다. 나는 가는 곳마다 축복 있는 곳으로 방문했다. 노후에 제일 큰 걸음이 한책협이다. 나도 한책협에 일조하면서 주위에서 책을 쓰고 연구할 것이다. 누가 봐도 빼어난 목차와 제목의 기술은 한책협이 최고임을 말해준다.

이곳을 만난 이 시간이 감사했다. 다음에 크루즈 여행도 같이 가고 그것을 책으로 쓸 것이다. 나는 책으로 쓰고 싶은 것이 정말 많다.

교도소에서 보낸 수용자와의 생활과 근무 에피소드는 계속 쓸 것이다. 부동산 책도 100권쯤 읽고 도전하고 싶다. 자녀교육법도 책으로 쓰고 싶다. 여행기도 쓰고 싶다. 주위의 친구들이 문학 동지요, 멤버였다. 이 친구들도 책 쓰기로 부르고 같이 의논하고 다시 인생을 토론하며 진주와 같이 귀한 생활이 되도록 노력할 것이다.

타인보다 나의 마음을
먼저 들여다보자

인생에서 원하는 것을 얻기 위한 첫 번째 단계는
내가 무엇을 원하는지 결정하는 것이다.

벤 스타인

언제부터인가 나는 나를 사랑하고 있었다. 내가 제일 먼저 내 길로 가길 원하게 되었다. 갱년기를 심하게 치르고 나서부터였다. 나를 놓치면 안 된다는 강한 마음의 소리가 났다. 나를 놓치는 것은 내 아이를 놓치는 것이다. 또 남편과 주위의 형제자매까지 놓치게 된다는 사실이었다. 그 반대로 나를 잘 챙기고 내 자리에 있어주면, 자녀가 기댈 언덕이 항상 그 자리에 있다. 노령으로 연약해진 어머니가 기대고 바라볼 수 있는 딸이 존재하는 것이다. 형제자매들도 마찬가지다. 남편도 아내가 든든하면 그의 인생이 큰 세파에 흔들리지 않는다.

남이 보기에 잉꼬부부처럼 알콩달콩 여행도 자주 하고 형제자매까지 챙기던 친구 부부가 어느 날 부부 싸움을 크게 했다. 그동

242

안 쌓였던 앙금이 오해로 뭉쳐져 눈앞에 눈덩이처럼 불어나서 험악하게 싸웠다. 그로 인해 몇 달간을 떨어져서 생활했다. 처음에는 화가 안 풀려 모든 방법을 다 동원하여 이혼까지 생각했다. 시간이 흐르고 날이 갈수록 자녀 생각과 자라나는 손주 생각에 마음을 풀게 되었다.

결국, 남편이 오해를 풀고 친구에게 용서를 빌어 다시 예전처럼 같이 살아가게 되었다. 그들은 큰 풍파를 만나서 조그만 집을 새로 정하여 옮기게 되었다. 그 일로 예전보다는 서로 경계와 마음속의 일을 엿보이지 않는 조심스러운 면이 생겼다. 노후에 생긴 부부 간의 갈등이었지만 원만하게 정리되었다. 그때부터 친구는 시간제 아르바이트도 구해서 하루에 2시간씩 마트 일도 시작했다. 아들과 딸은 독립하여 부모의 원만한 생활을 원했다. 그 후 예전처럼 지내고 있고, 회복 중이다.

결혼하여 어른이 되고 자녀를 키우고 죽 생활해오던 인생이었다. 갑자기 큰 싸움으로 깨어지고 잘려나갔을 때의 아픔은 큰 충격이다. 그야말로 지진 등의 천재지변으로 갑자기 사라지는 것 같은 충격일 것이다.

내 가정의 일도 내 몸인 듯이 잘 관리하고 또 문제가 있는 부분은 깊은 균열이 오기 전에 보수하고 관리하자. 틈새는 서로 도와 메우고 안아 들여야 한다. 가정이 깨진다는 것은 인생이 갈라지는 큰 아픔과 고통이다.

새로운 해가 오면 새해 기도 제목을 챙기고 정리를 하듯이 갱년기 이후에는 내 몸과 마음의 건강과 행복의 상태를 점검해야 한다. 아픔이 심해지기 전에 나를 들여다보고 위로하자. 그 후에도 틈나는 대로 챙기고 같이 지낸다는 것이 잃는 슬픔보다 낫다. 나에게 "정말 잘했어. 나는 훌륭한 사람이야."라고 다독인다. 그 말이 사실이고 공감하는 느낌을 가진다. 이렇게 나 자신과 친해지고 다독이는 법을 찾았다.

교도소에서 만나는 수용자도 사회에서 이혼하고 독립하여 생활하면서 잘못되는 경우가 많다. 사회생활을 많이 하고 있지만 부정적인 생각을 하기도 쉽다. 대부분의 한국 여성은 자녀교육, 직장, 가정생활 등으로 살아왔다. 이런 다양한 방면으로 힘을 분산시키는 여성들이기에 직장을 우선시 못하는 이유이기도 하다.

나는 장녀로 태어나서 가족의 식사 등이 내 몫이었다. 어머니는 아침 일찍 들이나 밭으로 일하러 가셨다. 내가 초등학교에 다닐 때부터 어머니는 집안일을 나에게 맡기셨다. 하지만 난 그런 것들이 싫었다. 앉아서 책을 읽거나 공부하는 것이 좋았다.

우리 집은 벼나 보리 수매를 농협에 한꺼번에 팔기 위해 집에서 풍구를 돌려 깨끗하게 만들었다. 나는 아침마다 아버지와 함께 40킬로그램짜리 매상 가마니 30개 이상의 벼나 보리를 부쳐놓고서야 학교에 갈 수 있었다. 나는 일을 잘하지도 못했고 정말 하기 싫은데 어른들이 억지로 시켜서 했다. 나는 내가 장녀인 것이 싫었다.

나는 모든 것에 앞서서 내 인생을 조용히 들여다보았다.

첫째, 내가 좋아하는 것은 책이다. 나는 행운의 별이 함께한다고 생각했다. 책이랑 짝을 하고 그것으로 즐거워하면 인생은 행복하다. 어려운 환경에서 살았어도 책과 함께해왔기에 나는 행복한 인생을 살았다고 할 수 있다.

둘째로 내가 좋아하는 것은 새벽기도이다. 언제나 새벽에 옷을 두툼하게 입고 맨얼굴로 하나님을 마음껏 만나는 것이 좋았다. 저절로 부지런한 생활을 하였다. 내가 이렇게 행복한 것은 5분 거리에 지역사회 돕기에 애쓰는 교회가 있고 훌륭한 목사님을 만났기 때문이다.

셋째, 나는 대한민국 국민이 자랑스럽다. 우리나라가 하나님께 인정받는 통일을 이루기를 기원한다. 북녘의 동포들이 굶주림과 독재 속 열악한 환경에서 지내는 것이 안타깝다. 서로 가까이 지내고 돕고 연락하며 같이 잘 살고 싶다.

딸이 회사와 어린이집이 있는 여의도로 이사를 하게 되었다. 예전 같았으면 딸을 따라 이사를 갔을 것이다. 지금은 행복한 도서관과 좋은 교회가 있는 이 동네를 떠나기 싫다. 내 곁에 인생의 동반자인 남편이 건재하고 있다는 사실이 기쁘다. 간밤에 국화꽃을 피우려고 소쩍새가 울었듯이, 하나님께서 오늘의 이 순간으로 인도해 주시려 지나간 고난 어린 시절이 있었다.

지역을 위하여 나라를 위하여 우주를 위하여 노력하고 창조하자. 내 평생을 새벽 3시에 일어나서 책을 쓰고 하나님께 기도를 올리자. 나는 행복한 사람이며 행복한 인생이다. 세계를 내 이웃으로, 인류를 내 가족으로 폭을 넓히며 살고 싶다. 어린아이들의 울음소리가 점점 듣기 힘든 시대가 되었다. 우리나라와 세계 어느 나라든지 어린이들이 씩씩하게 잘 자라 지구를 지키고 발전시켜야 한다. 일본이 견제하고 방해하더라도 우리는 꿋꿋이 통일로 나아가서 옛 영토를 회복하자. 약소국의 설움을 딛고 일어서 세계적인 강대국으로 자리 잡아야 한다.

보통 사람들은 교도관을 수용자에게 무서운 시어머니 같거나 고생을 엄청나게 시키는 것으로 상상하리라 생각한다. 나는 교도관으로서 진실을 보여 주고 싶었다. 이제 다른 동료들에게도 책 쓰기를 독려하며 분발하고 있다. 앞으로 교도관이라 하면 책을 쓰고 저서가 있는 공무원으로 인식되게 만들 것이다. 또 항상 책을 읽고 생각과 상상을 하며 수용자를 귀한 대한민국의 일꾼으로 세울 것이다. 앞으로 나서서 힘써 일하는 국민이 되기를 격려하고 사랑하며 평생 헌신할 것이다.

교도관은 수용자를 사랑할 줄 알고 인도하는 방법을 아는 전문 공무원이다. 사랑이 가득한 교도소라는 학교에서 다시 재조명되고 재탄생되는 기숙사 겸 학교가 될 것이다. 여러분의 많은 기도와 사랑이 절실하다.

나는 38년을 밤낮으로 수용자를 바라보았다. 직원들과 같이 잠을 자며 교대하고 짝지어 근무했다. 많은 교도관을 만났지만 수용자를 미워하거나 적대하는 모습은 보기가 힘들었다. 그들의 특성과 개성에 맞추고 연구하며, 대화하고 상담하고 사랑으로 이끌어 주었다. 그 결과 수용자들은 교도관을 부모처럼 생각하고 의지하는 생활을 해왔다.

교도관 작가 장선숙 씨는 수용자가 자신을 "엄마"라고 불렀다고 했다. 우리는 익히 그러한 분위기에서 생활한다. 다독이며 조용히 이끌어 들어올 때보다 넓은 마음으로 용서하고 받을 마음의 준비를 하면서 집으로 돌아가는 모습을 볼 수 있다.

　나의 성격을 들여다보고 눈앞의 수용자를 이해하고 돌보려 노력했다. 그 과정에서 서로 돕고 뉘우치며 평범한 삶으로 노력하는 모습에서 직업의 보람을 갖게 되었다. 교도관으로서 나의 인생은 성공했다. 이제 작가로서 꾸준히 노력할 것이다. 내가 좋아하고 재미있으며, 내 마음까지 어느 때보다 흡족하니 행복하다.

버티고 버티어
끝내 살아내자

버티다 보면 다른 문이 열리고 배우다 보면 다시 채워지며
아프다 보면 면역력이 생긴다. 그게 인생의 힘이다.
이동영

G는 성동구치소 직원식당에서 국을 끓이는 수용자였다. 2개월 전부터 직원식당에서 작업하고 있었다. 미결 수용자로 있을 때는 그녀의 남편이 매일 접견을 왔었다. 형이 확정되고 기결수가 되고 나면, 한 달에 접견횟수가 4번으로 줄어든다. 그녀는 특별한 일이 없는 한 동그란 얼굴로 밝게 웃었다.

날씨가 맑고 뭉게구름이 떠 있는 초여름이었다. 그날도 G는 접견을 다녀왔다. G는 남편이 성경책을 사 왔다고 했다. 나는 이유를 물었다.

"제가 미결수로 있을 때 전도한 사람 이름을 알려주었더니 그 사람에게 성경책을 넣어 주었대요."

"어머! 우리 직장선교회에서 사서 지급하는데? 남편 힘들게 하면 안 되지요."

"남편이 선교의 한 방법으로 제가 전도한 사람에게는 성경책을 넣어 줘요. 방 안에서 읽기 편한 것으로 사다 주었어요. 그게 남편이 제일 좋아하는 일이라고 해요.

"절대 무리하지 마세요. 마나님 접견 오기도 힘드신데…. 그 일은 우리가 맡아서 하는 일이니 앞으로는 하지 말라고 해주세요."

당시 성동구치소의 직원식당 음식은 맛깔스러웠다. 적은 부식비지만 수용자들이 정성을 다해 음식을 만드는 것이 큰 이유였다. 어느 날 G가 떡볶이를 맛있게 만들 줄 안다고 했다. 다음 날 가락시장에서 직원 부식을 사다가 그 말이 생각났다. 더위에 매일 고생하는데 떡볶이를 한번 해줘야겠다고 생각했다. 근처에 있는 방앗간에 들러서 내 주머니를 털어 떡을 샀다.

G는 평소 음식 솜씨가 좋아서 칭찬을 자주 듣곤 했다. 그날 오후 제일 붐비고 바쁜 점심을 마친 후에 저녁 준비를 부지런히 했다. 그 이후 시간을 내서 직원식당 취사부의 특식 떡볶이를 만들었다. 육수 국물과 다른 양념은 같은데 특이하게 시금치를 넣어 떡볶이를 했다. 처음에는 특이하다고 생각했는데 생각보다 잘 어우러져 맛있었다.

G는 힘든 식당 일을 하다 보니 팔 통증을 호소했다. 식당 사람들은 거의 하나씩은 통증을 앓고 있었다. 나는 의료실에 연락하여 G가 치료를 받게 했다. 마음이 아렸다. 아픈 팔을 쓰다듬어 주며

소중한 몸 관리 잘하라고 했다. 나에게는 모든 취사부가 진심으로 소중했다. 이 사람들이 안전하게 마음도 쑥 자라서 좋은 일꾼으로 자기 집에 돌아가서 행복하길 매일 기도했다. 어려운 주방 일을 힘들게 하는 것을 지켜보는 짠한 마음에서, 그들의 소원까지 이루길 바랐다.

G는 징역 8개월을 선고받고 식당에서 3개월 이상 작업하였다. 그 후 모범수로 선정되어 가석방으로 출소했다. 직원식당 일이 여자 수용자 작업 중 제일 힘들다. 성실하게 일한 사람이라 모범수용자 가석방으로 나가면 재범 없이 잘 살 것이라 믿었다.

그녀가 출소하고 한 달이 지난 후 퇴근하는데 전화가 왔다. G가 구치소 입구에서 기다리고 있다고 한다. '무슨 일이지?' 생각하며 정문으로 나갔다. 그때 오른쪽 모퉁이에서 누군가 "주임님." 하고 불렀다. 휙 돌아보니 G가 생긋 웃고 있었다. 품 안에서 조그만 포장을 쑥 내민다. "어머! 이런 것 받으면 안 돼요. 나는 법무부 사람인데!" 따뜻한 털실로 정성껏 뜬 빨간 장갑이었다. 그 마음에 감사했다. "어휴! 이런 정성 들인 마음씨가 고마워서 잘 끼고 다닐게요. 믿음 생활 잘하고 행복하세요."

그녀는 남편과 사업을 다시 시작했다고 했다. 차 한잔 하고 가자고 권하자, 가봐야 한다고 사양하며 떠났다.

그녀가 준 사랑의 장갑을 손에 꼈다. 손은 물론 마음까지 따뜻해졌다. 그녀의 사업도 번창하길 바랐다. G처럼 직원식당에서 열심히 일한 많은 수용자의 앞날을 기도한다. 내가 다른 곳에서 먹은 어느 음식보다, 그들의 정성과 소망의 마음이 진하게 배어있는 그 사랑의 음식을 생각했다. 그녀들과 식당에서 같이 일하던 그해의 겨울은 따뜻했다. 이런 시련기에 땀과 눈물을 견디고 잘 이겨낸 사람들이었다. 어느 곳에 가서도 든든한 일꾼으로 잘 이루고 있을 것으로 믿었다.

그들을 생각만 해도 마음이 뭉클해진다. 자신이 서 있는 자리에서 최선을 다하는 사람이 애국자라고 생각한다. 어느 곳에서든 남들 눈에 드러나지는 않지만, 사회가 나아가는 데 따뜻함을 더하고 할 수 있는 힘을 선하게 보탠다.

교도소에서 생활하는 사람들은 재판이 끝나면 이송을 간다. 징역형의 장단기에 따라 자신의 기술을 선택하여 배운다. 지금은 제빵, 기술 등 많은 좋은 교육 중에서 특별한 하자가 없을 때는 본인이 선택할 수 있다. 특별히 교도소 규율과 생활을 안정되게 잘 실천해야 한다. 좋은 기술을 배우는 데 있어 성실하고 규율을 잘 지키는 것은 기본이다. 교도관은 항상 행동 사항을 인계하고 교육한다.

어느 주일, 남편은 시험 감독관을 하러 간다고 했다. 요즘도 주일에 시험 치는 곳이 있느냐 물으니 많진 않지만 간혹 이렇게 일정이 잡힌다고 했다. 집에서 한 시간 정도 걸리는 곳에서 하게 됐다며 분주하게 준비를 마친 뒤 아침 6시 30분에 출발했다. 따뜻이 차려입고 나가는 그 모습이 멋져 보였다. 시험을 치르는 모든 사람에게 안전하고 행복한 결실이 함께하면 좋겠다. 인생은 도전하고 경쟁하며 노력하면서 나아가는 것이다.

나의 오늘의 행복한 삶을 뒤돌아보았다. 부산 고모 집에서 떼쓰는 아이처럼 엉엉 울던 일부터 끊임없이 파노라마가 펼쳐진다. 수많은 날이 있었고 즐거운 날과 눈물의 빵도 먹었다. 눈물 나고 슬퍼서 울 때는 '부족한 나'를 보고 계시는 하나님을 찾고 의지하였다. 그렇게 내가 이겨낸 것처럼 여러분의 앞길에 더 큰 사랑과 은혜를 그분께서 내려주심을 믿는다.

교도소라는 어둠이 깔린 공간에 밝은 생명 빛으로 가득 채우자. 희망의 삶으로 힘껏 살아내자. 모든 힘을 다해서 어둠의 세력을 물리치고 이겨내야 한다. 우리는 하나님이 주신 이기는 능력을 갖췄다. 교도소마다 주위에 직원선교회가 기도로 협력하고 있다. 바깥 사회에서도 응원하고 사랑을 보낸다. 그들의 헌신과 사랑에 동참해서 힘을 얻어야 한다. 교도소의 선교회는 전국의 교도소로 연합한다. 갇힌 자를 위주로 기도하는 눈에 보이지 않는 큰 힘이다. 38년을 교도관으로 생활한 나에게 제일 큰 힘이었고 의지하는 곳이었다. 그곳에서 수용자는 하나님의 애타는 아픈 손가락임을 알았다. 많은 수용자의 기도를 지지했고 바라보면 응답받고 새사람으로 생활하는 수용자들을 많이 보고 참사랑을 느꼈다.

교도소란 고난의 둘레길이다. 인격과 가정을 깨뜨리고 자존감을 바닥으로 떨어뜨린다. 그곳에서 고래 배 속의 요나 선지자를 생각하자. 여러분도 똑같이 고난에서 기도로, 하나님의 품으로 들어오는 희망의 문이 될 것이다.

누구든지 완벽한 사람은 없다. 나부터 돌아보면 잘못 천지다. 매일 잘못을 회개하면서 좋은 모습을 보고 새겨 성실하게 살아가자. 큰 역경을 이겨내자. 버티고 버티어 끝내 살아내자. 누구든지 어려움을 잘 참고 힘을 내서 더욱 훌륭하고 성숙한 사람이 되자. 온 국민이 애써 선한 영향을 끼치며 승리의 길로 나가길 간절히 소망한다.

혼자 아픈 사람은 없다

초판 1쇄 인쇄 2020년 2월 3일
초판 1쇄 발행 2020년 2월 7일

지 은 이   회아 이덕순
펴 낸 이   권동희
펴 낸 곳   위닝북스
기   획   김도사
책임편집   김진주
디 자 인   김하늘
마 케 팅   포민정

출판등록   제312-2012-000040호
주   소   경기도 성남시 분당구 백현로97 다운타운 2층 201호
전   화   070-4024-7286
이 메 일   no1_winningbooks@naver.com
홈페이지   www.wbooks.co.kr

ⓒ위닝북스(저자와 맺은 특약에 따라 검인을 생략합니다)
ISBN 979-11-6415-053-3 (03810)

이 도서의 국립중앙도서관 출판도서목록(CIP)은 서지정보유통지원시스템
홈페이지(http://seoji.nl.go.kr)와 국가자료공동목록시스템(http://www.nl.go.
kr/kolisnet)에서 이용하실 수 있습니다.(CIP제어번호: CIP2020002917)

위닝북스는 독자 여러분의 책에 관한 아이디어와 원고 투고를 설레는
마음으로 기다리고 있습니다. 책으로 엮기를 원하는 아이디어가 있으신 분은
이메일 no1_winningbooks@naver.com으로 간단한 개요와 취지, 연락처
등을 보내주세요. 망설이지 말고 문을 두드리세요. 꿈이 이루어집니다.

※ 책값은 뒤표지에 있습니다.
※ 잘못 만들어진 책은 구입하신 서점에서 교환해 드립니다.